옥탑방

옥탑방

초판 인쇄 | 2018년 6월 7일
초판 발행 | 2018년 6월 12일

지은이 | 최창우
만든이 | 황혜정
펴낸곳 | 문학사계사

주　소 | 서울특별시 송파구 풍납동 394-8 2층
전　화 | 02-6236-7052
연락처 | 010-2561-5773
등　록 | 2005년 9월 20일 제 318-2007-000001호

ISBN 978-89-93768-52-7

최창우 수필집

옥탑방

돌샘사계

머리말

　20대 청년시절, 대학로 한국방송통신대학교 인근의 찻집에서 '풀밭 동인' 모임이 있었다. 방통대 국어국문학과 학생들의 문학 동아리 모임이었는데 해를 거듭하면서 동인집이 발간되고 신입생이 동인모임에 참여했었다. 문학에 대한 나의 관심과 애정은 그때부터 계속되어 왔다.

　작품을 읽고 감상하는 것은 즐거운데 글을 잘 쓰기란 늘 어렵게 느껴졌다. 정성을 다해 쓴 글도 다른 사람 앞에 내어 놓기가 망설여져서 등단보다는 좋은 글을 쓸 수 있는 사람이 되고 싶었다. 그러나 그것도 말처럼 쉽지 않아 바쁜 일상을 핑계로 많은 시간을 흘려보냈다.

　그러던 중 한 신문사에서 개설한 문예창작반에 참여해 글쓰기의 끈을 이어갈 수 있었다. 지도교수님을 통해 작품을 보는 눈을 새롭게 가질 수 있었고, 여러 문예지에 발표된 작품을 자주 대하게 되었다. 많이 읽고 많이 생각하며 많이 써봐야 한다고 강조하시던 교수님은 나의 졸작拙作을 수작秀作 대하듯 반기며 읽고 비평의 말씀을 아끼지 않으셨다. 그런 덕분에 등단하게 되었다.

계간종합문예지 『문학사계』를 통한 등단 이후 9년 만에 수필집을 내게 되었다. 간간이 문예지에 발표한 글과 습작시절 버리지 못하고 둔 것까지 모았는데도 책 한 권의 분량을 채우기가 쉽지 않다. 그간 나의 과작寡作을 지적하며 분발하기를 주문하시던 은사님의 말씀이 귓전에서 맴돈다. 그런데도 나의 글쓰기 소걸음 습관은 고쳐지지 않고 있다.

나름으로는 정성을 들여 준비해온 글이지만 막상 세상에 선보이려니 부끄러움이 앞선다. 넓은 문학의 아름다운 바다에 떠다니며 물결의 흐름을 방해하는 쓸모없는 조각이나 되지 않을까 심히 두렵다. 그런데도 조심스럽게 그 바다로 나서고자 한다.

수필집 발간을 계기로 문학을 하고자 했던 초심으로 돌아가 글쓰기에 마음을 다잡는 기회로 삼고자 한다. 책이 나오기까지 관심과 격려로 지도해주신 황송문 교수님과 문학인으로 활동할 수 있도록 수필 등단의 추천을 해주신 김시헌 선생님께 감사의 말씀을 드린다. 그리고 나의 가족에게도 고마움을 전하고 싶다.

2018년 봄 최창우

차 례

머리말

제1부 고향 가족

제2부 꽃과 계절

제3부 여행과 시장

제4부 바다와 산

제5부 생 활

| 제 1 부 |

고향 가족

"황매산 골짜기를 따라
흘러내리는 물은
농사에 큰 도움을 준다.
그 물에서 사람들은
일을 마치고
시원하게 몸을 씻으며
피로를 푼다."

어머니의 텃밭

추석이 다가올 무렵 외삼촌이 다녀가셨다. 시골에 벌초하러 갔다가 배추 모종을 얻어 와 집에 심고 남았다며 주고 가셨다. 어머니는 그 배추 모종을 빈 화분과 흙이 담긴 스티로폼 상자에 심으셨다. 열 포기 안팎의 어린 배추들은 그때부터 어머니의 눈에 들게 되었다.

옥상 마당은 어머니에게 있어 작은 텃밭인 셈이다. 어디선가 구해 온 크고 작은 스티로폼 상자에 흙을 채워 야채며 꽃을 심어 가꾸신다. 상추 배추 모란 감자 고구마 방울토마토 맨드라미 봉선화 장미 국화가 자라고 있는 텃밭에는 계절이 바뀔 때마다 어머니의 관심을 끄는 식물도 달라진다.

옥상 한 켠에는 장독대가 차지하고 있다. 간장단지 된장단지 소금단지 빈 단지까지 놓여 있는데 그 중의 하나에는 호미며 꽃삽 장갑 물조리개를 넣어 두었다. 어머니는 야채나 꽃을 가꿀 때 단지 속의 호미나 작은 삽을 꺼내어 사용하신다. 칠순이 되도록 시골에서 농사일을 하였기에 서울에 오셔서도 가만히 있지를 않으신다.

추석을 지나고 살펴보니 배추가 많이 자라 있었다. 어머니는 그 배추에 정성을 쏟으며 벌레 잡는 일로 바쁘시다. 한창 자라고 있는 배추 잎을 벌레가 갉아 먹어 구멍이 숭숭 뚫렸다. 그런 잎을 바라보면서 안타까워하신다. 구멍이 많은 곳을 살펴보면 잎과 똑 같은 초록색 벌레가 주변에 붙어 있다. 사람이 보고 있을 때는 기어 다니지 않아 유심히 살피지 않으면 잡아내기가 어렵다. 올 데가 없는데 어디서 벌레가 오는지 모르겠다며 어머니는 신경을 곤두세우신다.

종묘 가게에서 벌레 죽이는 약을 사 오겠다고 하면 놔두라며 손사래를 치신다. 약으로 하면 쉽게 해결될 일이지만 그렇게는 하지 않으시고 일을 삼아 벌레를 잡으신다. 배추가 점점 커가자 자리가 비좁아져 몇 개를 솎아내셨다. 그러고 나니 남은 것이래야 몇 포기 안 되었다. 큰 스티로폼 상자에 두 포기, 작은 상자와 화분에는 한 포기씩인데 그 크는 것이 날로 새롭게 느껴질 정도로 잘 자랐다. 그런데 어머니는 이것들 쯤이야 눈으로 살펴 벌레를 잡아낼 수 있다고 생각하시는 모양이다. 그러면서 약을 치지 않은 무농약 채소로 기르고 싶으신 듯했다.

어머니가 시골에서 농사를 지으실 때 농약을 사용하지 않은 것은 아니었다. 손수 약통을 짊어 메고 배추 밭에 약을 치기도 하셨다. 내가 주말이나 휴가를 받아 고향집을 찾게 되면 배추밭에 약을 좀 치고 오라는 말씀도 하셨다. 나는 배추밭에 약을 치면서 밭둑에 있는 콩나무에도 남은 약을 뿌렸다. 그런 때 오랜만에 밭을 둘러보게 되었고, 밭에서 자라는 배추 무 고구마 콩 옥수수를 보고 있으면 어머니의 정성스런 손길이 느껴져서 그것들이 사랑스러웠다.

나는 초등학교 시절 어머니를 따라 밭에 곧잘 다녔다. 혼자서 일하시던 어머니는 내가 곁에 있으면 좋아하셨다. 일을 하는데 도움이 되어서라기보다 심심한데 말 상대가 되어 주는 것으로도 만족하신 듯했다. 아버지가 병원에 몇 번 다녀오신 뒤 갑자기 세상을 떠나시자 어머니는 서른여섯 젊은 나이에 혼자 되셨다. 위로 누나들이 있지만 장남인 나는 어머니 일 나가는 곳에 따라다녔다. 그리고 성장하면서 틈틈이 밭일이나 논일을 돕게 되었는데 괭이로 이랑을 만들어 배추와 무를 심는 일은 어렵지 않았다.

어머니는 감자를 캐낸 밭에 무와 배추를 심으셨다. 바랑이풀을 괭이로 쪼아서 걷어 내고 나면 토실한 흙이 드러나는데 호미 자루만한 넓이로 기다란 이랑을 지었다. 그리고 내게 그 위를 지그재그로 밟고 지나가라고 하셨다. 나는 맨발로 발뒤꿈치에 힘을 주며 걸어갔는데 푹신한 흙의 촉감이 참 좋게 느껴졌다. 어머니는 뒤따라오면서 발꿈치로 옴폭 패인 자리에 배추 씨앗을 넣고 또 다른 이랑에는 무 씨를 넣으셨다. 배추 씨앗은 작고 동그랬다. 무씨는 조금 큰데 둥글고 납작하게 생겼다. 구부려 씨앗을 넣다가 잠시 허리를 펴고 다시 내려다보면 어디까지 씨앗을 넣었는지 헷갈릴 정도로 씨앗의 색은 흙과 비슷했다.

작은 밭의 배추 무 이랑에 씨앗을 다 넣고 나면 갈고리로 흙을 슬슬 감아 당기면서 씨앗을 덮어 나갔다. 그리고 가까운 산에서 솔가지와 잎이 넓은 오리방나무 가지를 꺾어다가 이랑 위에 덮어 두었다. 이랑의 흙이 바싹 마르는 것을 방지하기 위함인데 흙이 말라 버리면 씨앗이 고르게 발아를 하지 못하기 때문이다.

습기를 머금은 흙 속에서 발아가 된 씨앗은 파종한 지 닷새만 지나면 땅 위로 싹이 돋았다. 그러면 덮어 놓았던 솔가지와 오리방 가지를 벗겨 주어야 했다. 햇볕이 들지 않는 음지에서는 싹이 웃자라게 되고 그런 싹은 줄기에 힘이 없어 시들어 죽기 때문이다.

어머니는 이랑 위의 오리방나무 가지를 걷어내고 밭가에 허수아비를 세우셨는데 비둘기며 꿩이 내려와 파지 못하게 마무리 단속을 하는 것이었다. 그리고 파릇파릇하던 배추의 잎이 더욱 자라 이랑의 흙을 덮어 나갈 때쯤 벌레가 생기지 않도록 약을 치셨다.

가을이 오면 산의 뻐꾸기 소리가 쓸쓸하게 느껴진다. 자라고 있을 때는 아무렇게나 쩍 벌리고 있던 배추 잎이 가을이 깊어가면서 속살을 감추기 위해 오므라드는데 그 모습은 신기하다. 선머슴 같던 여자가 사랑을 알게 되면서부터 다소곳해지는 모습이라고나 할까. 배추가 자기 속살을 감추기 시작하면 지푸라기로 겉잎을 모아 살짝 묶어두는데 그렇게 해 놓으면 이내 살이 노랗게 차올라 결실을 보게 된다.

바람이 설렁설렁 불어와 밭둑의 마른 옥수수 잎이 부석거리고 오리방나무 잎이 합창 소리를 내면서 떨어지기 시작하면 가을이 가고 있는 것이다. 그러면 서리가 내리기 전에 배추를 뽑아야 한다.

어머니도 내 어린 시절의 아득한 그때를 회상하고 계실까. 옥상의 화분에서 자라는 몇 포기의 배추를 돌보면서 시골의 그 밭을 생각하실지도 모를 일이다. 팔순을 지나온 삶에는 흙과 함께 한 시간들이 대부분이다. 그래서 흙을 가까이 할 때가 마음 편하신 모양이다. 옥상에는 흙이 담긴 스티로폼 상자가 늘어만 간다. 어머니의 텃밭은 조금씩 넓혀지고 있다. (문학사계, 2010년 겨울호)

옥탑방

벌써 15년 전의 일이다. 초겨울 눈발이 드문드문 휘날리던 날 옥탑방으로 이사를 했다. 단독주택 옥상에 방 한 칸과 부엌 옆에 화장실이 딸린 집이다. 방은 기름보일러라 스위치만 넣으면 따듯해지게 돼 있어 편리했다. 옥상 마당에는 커다란 물탱크에 파이프들이 연결돼 있어 지나다니기가 여간 불편한 게 아니다. 그런데도 아내는 연탄을 갈지 않아도 되어 좋다며 밝게 웃었다. 그런 아내의 눈에서 영롱한 별빛을 보았다.

옥탑방에서는 별들이 잘 보인다. 나는 밤이면 작은 창문을 열고 별들을 바라보았다. 별을 가만히 바라보고 있으면 복잡한 세상사가 잊혀지고 마음이 편안해진다. 별이 반짝반짝 빛을 내면서 자꾸만 움직이는 것 같아 신기했다. 별이 움직일 테지만 눈으로 느낄 수는 없는 일이다. 그런데도 별들이 어디론가 가고 있는 것만 같다. 눈을 감은 채 하늘을 향하고 있으면 어릴 적 꿈꾸던 동화의 나라로 안내되는 것 같아 가슴이 싸해 진다.

별빛은 아무리 봐도 질리지 않는 빛이다. 바라보면 볼수록 마음이 정화되는 것 같은 묘한 힘을 가졌다. 세상에 여러 색이 있고 갖가지 빛이 있지만 별빛만큼 순한 느낌을 주는 것은 없을 것이다. 고향의 밭 언덕에서 고라니의 눈빛을 밤에 본 적이 있는데 꼭 별빛을 보는 느낌이었다. 고라니 노루 사슴류들이 그래서 무섭지 않고 순하게 느껴지는 지도 모른다.

옥탑방에서 잘 보이는 것은 또 있다. 어두운 밤일수록 뚜렷하게 보이는 것이 십자가 불빛이다. 십자가가 있는 곳은 교회일 텐데 교회가 이토록 많다는 것을 처음 알았다. 신학을 공부하면서 한때 교회를 개척해야 되겠다는 생각을 한 적이 있었는데 그 길로 가지 않길 잘 했다는 생각이 든다.

너무 많은 사람들이 이미 교회를 만들어 뜻을 전하고 있으며 교회 수가 술집 수만큼 많다는 이야기도 들었다. 십자가를 달지 않는 교회까지 합치면 그럴 만도 하다. 신념을 갖고 정성을 다하지 않을 개척교회 목회자가 어디 있겠는가. 그런데도 세상은 그들이 원하는 바대로 쉽게 바뀌지 않는다.

교회의 수는 너무도 많아 보인다. 종교인들이 포용성을 갖고 타종교와 이웃을 배려하며 함께 살아가겠다는 자세를 갖는 것이 더 중요하다는 생각이 든다. 배타적 이기주의 신앙은 사회에 아무런 도움이 되지 않으며 오히려 사회를 혼란스럽게 할 뿐이다. 어둠 가운데서도 제 모습을 잘 드러내는 십자가 불빛처럼 우리 사회의 어두운 곳에서 빛이 되어 사람을 사랑하며 아름다운 모습으로 살아가는 종교인이 많았으면 좋겠다.

옥탑방 생활 3년째이던 겨울 평소보다 늦은 퇴근길이었다. 집 앞에 도착했는데 둘째 아이를 가져 배가 부른 아내가 손수레를 끌고 주유소에 가서 기름을 사온 뒤 통을 들고 계단을 오르고 있었다. 나는 달려 올라가 아내가 든 기름통을 받아 들면서 가득 채워도 며칠 가지 못하는 보일러의 작은 연료통을 원망했다. 기름을 나르는 일은 내게 맡기라는 말을 해 놓고도 머쓱해지는 것은 간간이 약속을 지키지 못하는 경우가 있기 때문이다. 아내도 보일러가 멈춘 방에서 기다릴 만큼 기다리다 기름통을 들고 나섰을 것이다.

결혼을 하고 반지하 연탄보일러 방에서 살게 되었을 때 아내는 연탄불 가는 일이 무척 서툴렀다. 일본 나고야에서 자랐으며 연탄을 피워 본 적이 없는 사람이라 불을 갈 때 솟아오르는 가스 냄새에 적응을 잘 못했다. 불이 꺼졌을 때 번개탄 피우는 일도 요령이 없어 힘들어 했다. 그러던 차에 기름보일러 옥탑방으로 이사를 한 것인데 시원시원하게 잘 보이는 것들이 많아 좋아했다.

하지만 옥탑방에서는 겨울이 더 길게 느껴졌다. 보일러의 기름은 왜 그렇게 빨리 닳는지 모를 일이었다. 기름통의 눈금이 바닥을 가리켜 주유소에 배달을 주문해 보면 갖고 온 통에는 3분의 2가 될까 말까 한데도 값은 한 통 값을 다 받아 간다. 그런 것이 마음에 걸려 조금 수고스럽더라도 직접 통을 들고 주유소를 다녀오게 되는데 그것도 쉬운 일이 아니었다. 시간의 여유가 있을 때라면 별 문제가 없지만 한밤중이라든지 몸이 좋지 않을 때 보일러가 멈추게 되는 것이 문제였다. 여유 있게 미리 기름을 사다 둘 수도 있지만 그게 잘 되지 않는 게 현실이다. 사람의 생활이란 늘 시간에 쫓기며 살게 되고 톱니바퀴처럼 꼭 그렇게 잘 맞출 수만은 없기 때문이다.

눈이 오면 계단이 미끄럽지 않도록 부지런히 쓸게 되는데 그런 중에도 남아서 얼어붙은 것들이 있고 미끌미끌한 계단의 얼음은 쉽게 녹지 않아 다니기가 여간 조심스러운 게 아니다. 그런데도 아기 셋을 낳을 때까지 옥탑방에서 살았으니 나야 그렇다 치더라도 아내의 어려움은 많았을 것이다. 그런 생활을 놓고 가끔 아내는 팔자 탓이라며 웃어 주었다.

옥탑방 생활은 계절의 변화를 빨리 느끼게 해 준다. 봄엔 담장 위로 솟은 나무에 꽃이 피고 잎이 돋는 것을 먼저 보게 되고, 여름엔 뙤약볕에 달구어진 방으로 인해 숨이 막히도록 더위를 체험하게 된다. 하지만 서늘한 가을바람이 불어오면 시원함을 즐길 새도 없이 가슴을 먼저 움츠리게 되는 것이 옥탑방 생활이다. 이런 것을 보면 사람이 사상과 이념을 앞세워 살아가는 것 같지만 자연의 순리에 순응하기 위해 얼마나 애쓰는지 알게 된다.

아래는 잘 보지 못하고 위로만 향해 가려고 하는 현대인이라는 말이 있다. 높고 화려한 것에 마음을 두고 살다 보니 정작 어렵게 살아가는 이웃을 보지 못한다는 말이다. 자신의 능력에 비해 이상만 앞세우며 허영을 좇는 경우를 지적하는 말이기도 하다. 아래로 내려가기를 바라며 사는 옥탑방 생활, 이곳에서는 사람 사는 모습들이 적나라하게 잘 보여 재미있다. 건너편 옥탑 마당에서 빨래 너는 사람을 보게 되면 동질감 같은 것이 느껴져 괜히 말을 붙여보고 싶어진다.

아래를 보면 현실이 한눈에 들어오고 하늘을 보면 이상이 꿈꿔지는 옥탑방, 자전거와 인라인 스케이트를 갖고 나와 골목길에서 즐기는 아이들의 웃음소리에 주말 오후가 즐거워진다. (문학사계, 2009년 봄호)

우리 집 키 순번

퇴근하여 현관문을 들어서니 반갑게 인사를 하는 제 오빠와는 달리 초등학생 딸아이가 가만히 쳐다만 보고 서 있다. 눈치가 수상하여 살펴보니 까치발을 하고 있다. 얼마나 더 자라면 아빠의 키만큼 되려나 보는 것이다. 장난 끼 섞인 의도가 다분했다. 눈치를 채고 잡으려 손을 내 밀면 웃으며 도망을 간다. 가끔 있게 되는 우리 집 풍경이다. 그런 딸애의 모습이 귀엽기도 하다.

집에서 키에 대한 이야기가 나오기만 하면 아이들의 목소리가 높아진다. 책상 정돈과 옷장 정리, 집안 청소를 놓고 아빠의 지적을 받아온 것에 대한 되갚음의 기회라도 잡았다는 듯이 "집에서 목소리는 제일 크지만 키는 아니야."라며 아빠가 들으라고 저희들끼리 재잘거린다.

아내를 처음 만났을 때 적당한 키에 밉지 않게 생긴 얼굴이 마음을 끌었다. 나보다 살풋 키가 커서 은근히 저편에서 어찌 나올지가 관심이었다. 그런데 의외로 쉽게 동의를 하는 덕에 일이 잘 풀렸다.

서로 종교심에 젖어 있던 때라 아내는 외적 조건보다 이해심 있고 상대를 배려할 줄 하는 사람이라면 좋겠다고 생각했었다니 그것도 인연이 되려고 그랬나 보다.

내가 신학교 졸업반 때 우리는 결혼을 하였다. 그런데 요즘에 와서는 팔자타령을 늘어놓기도 한다. 처음 만났을 때의 자기 눈을 탓하는 말이다. 내가 듣기에 썩 유쾌한 말은 아니지만 중년의 넋두리로 들어줄 만하다.

나는 학교에서 달리기를 할 때면 '키가 조금만 더 컸으면' 하였고 공차기를 할 때도 5센티 아니 3센티만이라도 더 컸으면 하는 생각을 했었다. 운동을 좋아하였으므로 작은 키는 늘 불만이었다. 키가 커서 다리가 좀 더 길었더라면 축구 선수가 되고 달리기 선수가 될 수 있을 것만 같았다.

카메라를 메고 피스컵(Peace Cup) 창단 관련 자료를 수집하던 때였다. 참으로 뜻밖에 그토록 좋아하던 축구황제 펠레를 만날 수 있었다. 브라질에 살고 있는 교우 선배 한 분이 같이 있었던 덕에 대화를 나눌 수 있었고 기념사진을 찍게 되었다. 둘이 나란히 서서 사진을 찍었는데, 나중에 보니 펠레가 내 어깨 위에 손을 올려놓고 있었다. 자기 팬에게 다정히 한다고 그랬던 모양인데, 나의 키가 컸더라면 다른 포즈가 나오지 않았을까 하는 생각이 들었다.

1940년생 178센티의 펠레가 운동장에서 펼친 경기 내용도 환상적이었지만 축구 재단을 만들어 어려운 청소년들을 도우며 살아가는 점이 훌륭하게 생각되었다. 그런 그와 사진을 찍는 것만으로도 영광이었기에 그가 어떤 포즈를 취하였더라도 나는 만족하였을 것이다.

지인들이 놀러와 우리 집 앨범을 볼 때면 펠레와 찍은 사진을 은근히 보여주고 싶어진다. 그런데 감추고 싶은 사진이 있다. 결혼을 하고 교회에 갔을 때 목사님이 기념으로 남기자고 해서 함께 찍은 사진이다. 목사님은 마치 주례처럼 단이 높은 뒤쪽에 서고 나와 아내가 나란히 앞에 서게 되었다.

그런데 지켜보고 있던 사람들이 키가 작아 보이는 신랑을 위한다고 발받침을 해 주었다. 엉겁결에 두꺼운 책을 밟고서 사진을 찍었는데 상반신만 찍으면 될 것을 전신으로 찍어서 사진을 뽑아주는 것이었다. 가만히 살펴보면 발아래 놓인 책이 보여 내가 사람들 앞에 보이고 싶지 않은 사진이 되고 말았다.

아내는 결혼을 한 뒤에도 자신의 키가 더 자랐다고 말한다. 그 말을 믿어야 할지 모르겠으나 남편을 위한답시고 농담반 진담반으로 말한다. 결혼을 할 때는 거의 비슷하였는데 결혼 후 자신의 키가 조금 더 크는 바람에 남편과 차이가 난다는 말이다. 그 말을 듣고 있자면 위로가 되기보다는 은근히 열이 오른다. 쓸데없이 자랐다고 핀잔을 해 주고 싶어진다.

하지만 아내는 나의 태도에 의아해 한다. 서로가 작은 것보다 한쪽이라도 큰 편이 나은 것이다. 그래야 아이들에게 희망이 있지 않겠는가 하고 말한다. 할 말이 없어진 나는 이왕이면 간절히 원하는 쪽이 클 것이지, 별로 원하지도 않는 쪽의 키가 왜 크게 되었을까 하는 생각을 하게 된다.

딸아이가 아빠의 키를 따라잡게 될지는 아직 속단하기 어렵다. 철없는 저야 시간문제라고 장담을 하고 있지만 그 애도 잘 크는 편은 아니어서 내심 걱정이다. 이런 나의 속마음을 모른 채 금방이라도 키가 쑥 자라서 아빠를 따라올 수 있을 것처럼 큰소리다. 다행히 제 오빠들은 엄마를 닮았다. 중학생 때 아빠 키를 따라잡았고 이제 반 뼘씩이나 올라갔으니 그 한 가지는 마음을 놓게 되었다.

딸애는 언제부터인가 우리 가족 여섯 식구의 키를 큰 순서대로 번호를 매기고 있다. 큰오빠 1번, 작은오빠 2번, 엄마 3번, 아빠 4번, 유지 5번, 할머니 6번. 내가 1번이었던 적은 없다. 아내는 1번에서 2번으로 밀리더니 이제 3번이 되었다. 그런데도 좋아한다. 나는 애당초 마음을 비우고 그까짓 번호에 신경을 두지 않았는데 근자에 와서 은근히 신경이 쓰인다. 딸아이와 나의 순번이 바뀌기를 바라는 것이다.

그 아이가 내 키를 따라잡는다는 가정을 해도 모친이 계시므로 나는 꼴찌가 아니다. 키로 말하면 모친께서는 손녀가 5학년 때 따라잡혀서 그 뒤로 꼴찌를 면할 길이 없게 되었다.

그런데 요즘 들어 아이들이 내게 할머니를 잘 모셔서 오래 사시도록 해야 한다고 은근히 주문을 한다. 할머니가 계셔야 꼴찌가 되지 않을 것 같다는 이야기다. (문학사계, 2010년 봄호)

황매산 아래 사람들

산 정상 부근에 세 개의 봉우리가 나란히 있는 삼봉三峰의 황매산은 북으로 가야산과 서쪽에 지리산을 멀찍이 두고 있다. 남녘의 최고봉인 지리산과 마주하며 그 동쪽에 1천 고지가 넘는 자태로 늠름하게 서 있는 것이다. 이 황매산 남쪽 아래에 있는 작은 고을이 내 고향 합천군 가회면이다.

중학생 시절 나물 뜯으러 가는 어머니를 따라 마을 사람들과 걸어서 황매산에 오른 적이 몇 번 있었다. 친구와 나는 산 정상에 솟아 있는 세 개의 봉우리 아래를 오르내리며 놀았는데 나물 뜯는 일보다 산에 오르는 재미로 따라갔던 것 같다. 날씨가 좋아 멀리 지리산 천왕봉이 보일 때면 왠지 가슴 설레기도 하였다. 미지의 땅에 대한 막연한 동경 같은 것이었다.

산골짜기를 따라 내려오다 보면 감바우, 두만, 복치동, 한밭, 웃나무실, 아랫나무실, 원동, 오도마을을 만나게 되고 그 다음에 농가農家 1백 호가 넘는 연동마을이 나타난다. 이 모두는 황매산 품안에 있는 마을들이다. 그 옆의 안정골, 점촌, 봉기, 호산, 도탄, 비기, 장대, 구평 등도 황매산 아래 가회면에 속한 마을이다. 사방으로 치면 황매산 품안에 든 마을이 어찌 이 뿐이겠는가. 동과 서에 대병면과 차황면도 있다.

여름만 되면 황매산 아래 마을 사람들은 공차기 연습을 하였다. 8월 15일 해방 기념일을 맞아 마을대항 면민 축구대회가 열리기 때문이다. 해마다 초등학교 운동장에서 펼쳐지는 이 대회는 가회면의 연중 최고 행사이며 그 열기 또한 대단했다. 마을마다 한 팀씩 참가하여 토너멘트로 펼치는 이 경기는 중학교 운동장에서까지 게임을 하는데도 하루 만에 끝낼 수가 없어 둘째 날 늦은 오후가 되어서야 결승전을 치르고 대단원의 막을 내리게 되었다.

면민의 온 관심인 축구대회에 나가는 것은 마을의 자존심이 걸린 문제라 모두 열심이었다. 농사일을 하던 사람들이 지게를 벗어 놓고 공을 뻥뻥 차며 연습을 한다고 해서 금방 공을 잘 차게 되는 것은 아니었다. 그래서 여러 날 연습을 하며 발을 맞추었다.

공을 차는 데 타고난 재능을 가진 사람이 가끔 있었다. 어린 중학생일지라도 빠른 몸놀림으로 공을 다루는 솜씨가 뛰어나면 마을 대표로 뽑히기도 하였다. 방학 때라 시간이 자유로운 학생들이 연습에 열심이었고 선수로는 못 뛰더라도 어른들과 어울려 공을 차면서 마을 팀 훈련에 많은 도움을 주었다.

더운 날 땀 흘리며 뛰다가 연습이 끝나면 모두 냇가로 가서 몸을 씻었다. 황매산에서 흘러 내려오는 물은 언제나 시원했다. 목욕탕이 따로 있는 것이 아니었기에 시원한 냇물에 들어서면 공동 세면장이 되었다. 옷을 벗고 씻다가 수심이 깊은 곳에서 수영을 즐기기도 하였다.

같은 마을에 살면서도 어른과 아이들이 서로 어울릴 수 있는 기회가 많지 않은데 공차기 연습을 할 때면 그것이 자연스럽게 이루어졌다. 누구네 몇 째 아들이며 어느 집 조카가 되는 것 등 인척 관계도 익히면서 이웃에 대한 정을 쌓을 수 있었다. 아이들은 어른들과의 만남을 통해 마을 공동체의 중요성과 협동심을 배우게 되었다.

이 무렵, 마을에서 살다가 어렸을 때 도회지로 이사를 간 집 아이가 커서 고향을 찾아오는 경우도 있었다. 축구대회가 열린다는 소식을 듣고 오는 것이다. 이런 때 공을 잘 차는 청년이 오게 되면 마을에서는 대환영이었다. 동네에서 같이 살고 있지 않더라도 마을 출신이 확실하면 선수가 될 수 있었기 때문이다.

마을 사람들끼리 모여서 며칠 훈련을 하고 난 뒤에는 팀의 수준을 가늠해 보기 위해 이웃 팀과 연습경기를 하였다. 대회를 코앞에 두게 되면 경기력을 높이기 위해서 연습게임을 자주 해야만 하였다. 그러면서 이웃마을 사람들과도 정을 쌓게 되었다.

어려서부터 공차기를 좋아하던 나는 중학교를 마치고 서울로 올라와 공부를 하며 직장생활을 하였다. 그러던 중에 여름철이 되면 일부러 8월 15일에 맞추어 휴가를 받아 고향으로 내려갔었다. 그러면 어머님께서 반가워하는 것은 물론이고 마을 사람들이 반겨 주었다. 마을에서는 공을 잘 차는 축에 들어 선수가 온 것이라며 반기는 것이었다.

스무 살이 조금 지났을 무렵이었다. 마을대표로 이 대회에 나가서 경기를 하다가 발목을 다치는 일이 있었다. 병원에 가지를 않고 침을 맞으며 물리치료를 하였는데 죽은 피를 뽑아내야 빨리 낫는다며 나의 발을 움직이지 못 하게 꽉 잡고는 작은 원통 같이 생긴 침으로 수십 번을 빠르게 찌르는 것이었다. 어찌나 아프던지 그때를 생각하면 지금도 침에 대한 무서운 생각이 든다.

황매산 골짜기를 따라 흘러내리는 물은 농사에 큰 도움을 준다. 들판의 젖줄이 되어 온갖 논배미 구석구석을 돌아서 나온 그 물에서 사람들은 일을 마치고 시원하게 몸을 씻으며 피로를 푼다. 몸만 씻는 것이 아니라 삽이며 괭이 등 농기구도 씻고서 마을로 향한다. 이 냇물은 아래로 흘러 진주 남강과 합류한 뒤 남해로 향하였다.

요즘, 봄이 오면 황매산 철쭉을 보기 위해 도회지 사람들이 모여든다. 철쭉은 우리 어렸을 때 개꽃이라 하여 별로 쳐 주지 않았었다. 진달래는 참꽃이라고 하면서 따서 먹기도 하였지만 개꽃은 먹으면 죽는다는 말이 있었다. 꽃송이를 만지면 송진처럼 손바닥에 진득한 액이 묻었다. 그래서 더욱 멀리했던 것 같다. 그러던 것이 강한 자생력으로 넓게 번져 황홀한 꽃동산을 이룬다. 황매산 철쭉은 이제 고향의 명물이 되었다.

아직도 고향 집이 남아 있어 어머니는 봄가을에 고향을 찾아가신다. 그 덕에 함께 고향을 찾게 되면 여름의 축구대회 소식을 듣게 된다. 언제 들어도 실감나는 정겨운 이야기에 나는 소년처럼 가슴이 설렌다. (70인의 감성 에세이, '그 해 여름의 추억' 문학사계사, 2010년)

고구마

어머니가 고향을 다녀오셨다. 사촌 형님이 싸 준 거라며 봉지 하나를 내어 놓으셨다. 정성스레 싼 봉지에는 고구마를 삶아 얇게 썰어서 말린 것이 들어 있었다. 시골에서 주머니에 넣고 다니면서 먹던 고구마말랭이었다. 고구마 말린 것을 입에 넣고 천천히 씹으면 젤리처럼 단맛이 났다. 형님은 심심할 때 숙모님 드시라고 보내 주었다.

내가 어렸을 때 고구마는 쌀이나 보리 대용의 훌륭한 식량이었다. 그리고 좋은 간식거리이기도 했다. 배가 고플 때는 국밥에 넣어 끓여서 먹기도 하고 삶아서도 먹었다. 그러나 구워서 먹는 것이 제일 맛이 있었다. 추운 겨울밤 언 고구마를 반으로 잘라 숟가락으로 긁어서 먹으면 그 맛 또한 일품이었다.

도회지로 나와 생활한 지 얼마 지나지 않았을 때 추석명절에 고향 집을 찾으면 어머니는 밭에 심어 둔 고구마를 캐 오라고 하셨다. 그래서 지게를 지고 밥낭골 밭으로 향했다. 나지막한 밭둑에는 키 큰 옥수수가 초병처럼 서 있고, 밭이랑에는 고구마와 함께 참깨와 고추가 자라고 있었다. 익은 깻대를 단으로 묶어 세워 둔 것에서는 어머니의 정성스런 손길이 느껴졌다. 허리 높이만큼 자란 고춧대는 사람이 지나다니기조차 어려울 정도로 가지가 벌어 있었다. 초록빛깔의 잎과 앙상한 가지 사이로 붉은 고추들이 주렁주렁 매달려 있었다.

나는 고구마 넝쿨이 싱싱한 이랑으로 다가가서 순을 뽑아내고 호미로 흙을 팠다. 그러면 주먹만 한 고구마가 벌건 살갗을 드러냈다. 흙속에서 숨어 지내다가 밖으로 나온 것이 부끄러워 얼굴을 붉히는 것 같았다. 캐낸 고구마를 모아서 담았더니 금세 소쿠리에 그득했다. 지게에 얹어 지고 집에 이르면 묵정밭을 만들고 싶지 않아 고구마를 심었는데 알이 굵다며 어머니 얼굴이 환해지셨다.

나는 어렸을 때부터 먹어 온 밥낭골 밭의 고구마 맛을 잘 알고 있었다. 고구마는 토질에 따라 그 맛이 다른데, 우리 집 고구마는 물기가 많고 단맛이었다. 삶아 보면 사토砂土에서 자란 것은 밤처럼 고소하고 팍신팍신했다. 찰진 땅에서 자란 것은 홍시처럼 물컹한 단맛이었다. 물기가 많은 것은 깎아서 생으로 먹기에 좋았다.

고구마를 심을 때는 보드라운 순을 잘라서 모종을 한다. 고구마처럼 모종이 쉬운 것도 없는데, 순을 한 뼘 정도 잘라서 보리를 베어 낸 밭이랑에 심어 놓으면 죽지 않고 잘 자란다. 비가 온 뒤의 젖은 땅에 모종을 한 경우는 걱정이 없다. 죽는 경우가 거의 없기 때문이다. 여린 순을 잘라 꺾꽂이를 한 셈인데 어디서 그 강인한 생명력이 나오는지 모를 일이다.

하지만 마른 땅에 모종을 해야 하는 경우는 좀 다르다. 고구마 순은 워낙 부드러워 뙤약볕 아래서는 금세 시들어 버린다. 햇살 아래서 한 나절만 지나면 하늘로 향해 있어야 할 순이 고개를 땅으로 처박고 있다. 그 모습은 너무나 처참해 도저히 살아날 가망이 없어 보였다. 그래서 가뭄에 모종을 할 때는 심어 놓고 물을 주어야 했다. 큰 통으로 물을 길어 와 주전자로 포기마다 물을 부어 주면 시들었던 순이 서서히 되살아난다.

고구마 순을 가위로 자르면 흰 진액이 흘러나오는데 그것을 만지면 풀물처럼 끈적끈적하다. 모종이 되어졌을 때 그 진액이 흙과 잘 결합되어 뿌리를 내리는 모양이다. 한 번 뿌리를 내린 것은 가뭄에도 잘 견디는데 찰진 땅이나 모래흙에서도 싱싱하게 자라는 것을 보면 생명력이 강하다.

고구마는 뿌리가 굵게 여물기 전에 캔 것이 맛있다. 갓 캔 고구마를 밭둑의 수북한 풀에 쓱쓱 문지르면 하얀 속살이 드러난다. 그것을 깨물어 먹으면 흙냄새와 함께 단맛이 입안에 느껴진다. 아삭아삭 씹히는 맛이 생밤을 먹을 때와 비슷한 느낌이다.

가을 논에서 벼 타작을 돕고 있으면 새참으로 고구마를 쪄 가지고 나오는 경우가 있다. 그러면 어른 아이 할 것 없이 둘러앉아 고구마를 하나씩 들고 껍질을 벗기며 먹었다. 물김치 국물과 함께 먹으면 소화도 잘 되었다. 노동으로 배가 쉽게 꺼지던 때의 고구마는 큰 요기가 되었다. 그렇게 서민의 식사로 잘 어울렸다.

나의 고향 동네는 고구마 수확이 많은 편이라 집집마다 몇 자루씩 쌓아 두고 겨우내 먹었다. 하지만 고구마의 보관은 쉽지가 않았다. 밖에 두면 추위에 쉽게 얼고, 따듯한 방에 두면 물기가 많아 썩기를 잘 했다. 그래서 엿을 만들어 오래 두고 먹기도 했다.

겨울 밤 대밭을 스치는 스산한 바람소리를 들으며 어머니가 고구마엿을 만들던 때가 있었다. 방이 뜨겁도록 장작불을 피워 솥의 고구마를 푹 삶았다. 그리고 무명천 자루로 죽 같은 고구마를 짜서 건더기를 걸러냈다. 가마솥의 고구마 짜낸 물을 한없이 저으며 끓여서 끝내 진득한 엿을 만드셨다. 나는 그것이 먹고 싶어 자다가 몇 번이나 깨었다. 엿이 다 되어 갈 때면 어머니 얼굴이 상기되었고, 맛을 보라며 한 그릇 담아 주셨는데 그 맛은 너무나 달콤했다.

나의 어린 시절 필수 식품이었던 고구마는 요즘 아이들에게 관심의 대상이 되지 못한다. 먹을 것이 흔해져서 삶아 놓아도 쳐다보지를 않는다. 요리 방법을 달리해서 세련된 먹거리로 내놓아야 할 모양이다.

얼마 전 커피숍에 들렸다가 고구마라떼를 주문하는 친구를 따라서 나도 시켰는데, 그 맛이 괜찮았다. 어느 새 찻집 메뉴판에 떡하니 이름이 올라 있는 것을 보면 고구마는 여전히 사랑 받는 식품임에 틀림이 없다.

어린 시절을 생각하며 형님이 보내 준 고구마말랭이를 입에 넣고 우물거려 본다. 고향마을의 구불구불한 골목길이 눈앞에 아른거린다.

물꼬

　'철~철' 물소리가 시원하게 들렸다. 논을 후끈하게 달구는 한여름 날씨가 이어져 벼는 잘 자라고 있었다. 포기가 큼직하게 벌어 한 주먹은 될 정도였다. 커 버린 벼들로 논바닥은 보이지 않았다. 그래서 논배미의 물이 어느 정도인지 가늠하기 어려웠다. 하지만 물꼬에 흐르는 물로써 짐작을 할 수는 있었다.

　농부에게는 벼논에 물이 그득해야 마음이 놓인다. 비료를 주고 병충해 약을 치는 것보다 우선으로 물이 충분해야 농사지을 맛이 난다. 가뭄 속에 모내기를 어렵사리 해 놓고 나면 논에 물 댈 일을 걱정하는 것이 농부의 마음이다. 물이 부족한 벼논을 바라보는 것만큼 애가 타는 일은 없기 때문이다.

　어머니는 혼자서 천수답 너 마지기 농사를 오랫동안 지으셨다. 밭고개를 넘어서 가야 하는 그곳에 애정을 갖고 일을 계속한 것은 아들딸을 먹여 살리기 위해서였다. 그러나 고단한 일을 보람으로 여기며 끈기 있게 하신 것은 아버지가 남기고 간 재산이 그 전부라서 그런 것만은 아닌 듯싶었다. 열여섯에 시집와 살아온 생애에는 아버지와 그 대광골 천수답에서 보낸 날들이 참 많았다. 논배미는 물이 잘 고여 있지 않았다. 물을 가득 잡아 놓아도 일주일 후면 어디론가 다 빠져나가 버리는 야속한 논이었다.

"너희 아버지는 밤중에도 논둑을 살피곤 하셨어."라고 말씀하시는 어머니의 얼굴에서 가난한 만큼 서로 위해주며 살았을 부부의 정이 느껴졌다. 논의 물을 살피기 위해 어둑해진 밤에 집을 나서는 아버지를 따라서 어머니가 가려고 하면 오지 말라며 손사래를 치셨다고 한다.

그런데도 등불을 들고 뒤따라가곤 하였는데, 간편한 후랫쉬나 손전등이 아니라 얇은 유리로 바람막이를 한 호롱불이었다. 그것을 들고 밭 고개를 넘어서 마중을 가면 무척 반가워했다고 한다. 그래서 어두운 길을 다정히 손잡고 걸어오곤 하지 않았을까. 그 시간들이 삼십 대의 중반부터 홀로 농사일을 하는 어머니를 지탱해 주는 힘이 되었을 것이다. 약주를 즐기시던 아버지는 어딘가 다녀올 때면 빈손으로 오는 법이 없었고, 가난한 살림에도 자식 사랑만큼은 남달라 집에 돌아오면 아이들을 한 번씩 꼭 안아주셨다고 한다.

천수답에서 일을 하다 보면 한숨이 절로 나와 하늘을 쳐다보게 된다. 어머니에게 하늘은 가족을 돌봐주는 조상님들이기도 하고 남편이기도 하였다. 논에서 일을 하다가 먹을 것을 꺼내 놓게 되면 혼자 말처럼 "아이들 잘 돌봐 주소." 하며 한 숟가락 퍼서 저만큼 던지셨다. 조상을 잘 섬겨야 한다는 말씀도 하셨는데, "내 살아 있을 때까지만 밥 한 숟가락 올려드리자."며 후손이 없는 친척 어른의 제사까지 챙기는 정성을 보이셨다.

그런 어머니가 고향집에 머무는 덕분에 찾아 가게 된다. 지금은 다른 집 논이 된 그 천수답의 논길도 걸어 보게 된다. 경지정리로 작은 논배미들은 합쳐졌고 논의 물도 충분해 마음이 놓였다. 바지를 걷어 올리고 물꼬에 발을 담가 보기도 하였다. 지게를 세워두고 논둑의 풀을 깎느라 첨벙첨벙 걸어다니던 때가 아련히 떠올랐다. 논둑의 풀을 말끔히 깎아야 주인 있는 논 같아 보여 마음도 편안했었다.

그런데 요즘엔 논둑의 풀을 깎는 일이 없다. 그럴만한 인력도 없을 뿐더러 시간 낭비인 셈이다. 모를 내고 병충해 약을 치고 탈곡하는 과정까지 현대화 된 기계를 이용하고 있다. 그러니 언제 논둑의 풀을 깎고 있겠는가.

천수답에 모를 내고 나면 자주 찾아가서 둘러보아야 한다. 시도 때도 없이 두더지가 논둑을 쑤셔 구멍을 내기 때문이다. 그곳으로 물이 새고 나면 논바닥이 금세 말라 버린다. 그래서 물이 빠져 나가기 전에 논둑을 유심히 살펴서 새어 나가는 물을 막아야 한다.

하지만 여러 개의 논둑을 다 살피기란 쉽지 않다. 그래서 물꼬를 먼저 둘러보게 된다. 그곳에 물이 순조롭게 흐르고 있으면 논에 탈이 없는 것이다. 하지만 흘러내려야 할 물이 흐르지 않고 있으면 논둑에 이상이 생긴 것이다. 그럴 때는 두더지 구멍을 찾아 흙으로 막아야 한다. 구멍이 작을 때 손을 봐서 막아야 일이 쉽지 커지고 나면 배로 힘이 든다. 물꼬가 높으면 논의 벼가 물에 많이 잠기게 되어 병충해에 약하게 된다. 너무 낮으면 논이 마르기 쉬워 순조롭게 자라는데 지장이 올 수 있다. 그래서 물꼬의 높낮이가 중요하다.

벼논을 살피는 농부의 마음에는 이웃집 논의 물까지 봐 주는 여유로움이 있다. 윗집 논의 물꼬에 물이 제대로 흐르지 않으면 주인에게 알려 준다. 그것이 함께 농사를 지으며 살아가는 이웃의 마음이다.

물이 논을 가득 채우고도 남아서 물꼬를 타고 흘러내리는 소리는 참으로 평화롭다. 그 넘쳐흐르는 물은 자연스럽게 아래 집 논에 도움을 준다. 그래서 물꼬는 위 논과 아래 논의 소통의 통로가 된다. 물이 넉넉해서 물꼬를 타고 흐르는 물소리가 대광골에 늘 가득했으면 하는 바람이다.

골목길

"한 됫박에 삼천 원, 두 되에 오천 원!"

아주 잘 말린 국산 천연 꽃새우를 오늘 하루만 폭발 세일 하고 있다는 핸드 스피커 소리가 들렸다. 골목이 쩌렁쩌렁 울릴 정도로 소리가 컸다.

"보기 좋은 떡이 맛도 있어요. 어서 오셔서 구경들 하십시오!"

환갑의 나이를 넘겼을 것 같은 건어물 장사가 담장 아래에 화물차를 세워 두고 손님을 기다렸다. 차에는 꽃새우 외에도 마른 오징어와 북어포가 있었다. 스피커에서는 녹음된 소리가 반복해서 흘러나오고 있었다. 행인들은 화물차를 힐끔 쳐다보며 지나갈 뿐 관심을 보이며 다가서는 사람이 없었다.

따뜻한 햇살에 담장 위의 빨간 장미가 환하게 웃으며 내려다보고 있었다. 그 아래로 어린이 세 명이 신이 나서 성산슈퍼로 달려갔다. 그리고 잠시 후 아이스크림을 하나씩 사서 들고 가게를 나왔다. 아이들은 곧 봉지를 뜯어내고 입으로 가져가며 만족한 표정들이었다. 남자 여자 남자 순의 키였다. 삼남매는 올 때와는 달리 얌전한 자세로 걸어가고 있었다.

형과 누나의 뒤를 따라서 걸어가던 막내가 갑자기 "왕~!" 하고 울었다. 초등학교에 다닐 나이는 못 되었고 유치원에도 들어갔을까 싶은 어린이였다. 막내는 자리에 다리를 딱 버티고 서서 울고 있었다.

앞서 가던 형과 누나는 무슨 일인가 하여 뒤를 돌아다보았다. 버티고 선 양쪽 발 사이에 봉지가 벗겨진 하얀 아이스크림이 떨어져 있었다. 따스하게 내리쬐는 햇볕에 실체를 적나라하게 드러낸 채 흐물흐물 녹을 판이었다. 아이는 한번 깨물어 보지도 못하고 놓친 것이 아쉬워 발이 떨어지지 않는 모양이었다. 깨끗이 바닥에 엎어져 있는 것을 보니 흙을 닦아내고 먹어도 될 것 같았다.

울고 서 있는 아이는 집으로 갈 마음이 없는지 한 발자국도 움직이지 않았다. 난감해진 상황을 가만히 살피던 형이 동생을 달래었다.

"울지 마, 이것 줄게!"

형은 자신의 것을 내밀었다. 한 입밖에 안 먹어 새 것이나 다름없다며 설득했다. 그런데 동생이 먹던 것은 싫다며 계속 울었다.

"지가 잘못해 놓고선."

누나가 작은 목소리로 불만을 터뜨렸다. 그러거나 말거나 막내는 악을 쓰며 더 큰 소리로 울었다. 옆 사람이 잘못이라도 한 것처럼 우는 모습이 당당했다.

"엄마한테 말 안 할게. 진짜야, 형아가 집에 가서 돈 줄게."

형은 인내심을 가지고 동생의 마음을 살펴 주었다. 마치 자신이 잘못이라도 한 것처럼 달랬다. 그리고 입에 닿지 않은 쪽을 가리키며 먹으라고 내밀었다. 그때서야 막내는 눈물을 닦고 형이 주는 아이스크림을 받아들었다. 그리고 집을 향해 걸어가기 시작했다. 누나는 벌써 저만치 앞서서 걸어가고 있었다.

"한 됫박에 삼천 원, 두 되에 오천 원!"

"보기 좋은 떡이 맛도 있어요. 어서 오셔서 구경들 하십시오!"

건어물 장수가 틀어 놓은 스피커의 소리는 계속되었다. 따스한 햇빛과 함께 담장의 장미꽃은 여전히 밝게 웃고 있었다.

세발자전거

　길을 가다 보면 요즘도 간혹 옥상에 노란 물탱크를 두고 있는 집이 보인다. 상수도 시설이 원활하지 못하던 시절에 지은 집이다. 옥상의 물통은 수압이 약해 물이 고르게 나오지 않을 때를 대비해 미리 물을 받아 두는 곳이다. 이 시설로 집 안 사람들은 언제든지 마음 놓고 물을 사용할 수 있게 된다. 요즘은 상수도의 수압이 일정하여 높은 지역까지 물이 잘 나온다. 그래서 옥상에 물탱크를 설치하는 일이 없게 되었다.

　사람이란 끊임없이 편리한 생활을 추구하게 되는 것 같다. 연탄을 사용하다가 기름보일러 옥탑방으로 이사를 하였을 때만 하여도 편리하다는 생각을 했었다. 마당의 시설물들은 문제가 되지 않았었다. 그런데 시간이 갈수록 옥탑방 앞에 설치된 물탱크가 여간 불편하게 느껴지는 게 아니었다. 좁은 방이 답답하여 밖으로 나서면 어른 키보다 높은 물통이 가로막고 있었다. 그 커다란 통이 종종 원망스럽게 느껴진 것은 아장아장 걸음마를 배운 아이가 쇠파이프에 걸려 넘어질 때였다.

그런데 나의 마음을 알기라도 하였는지 주인아저씨가 물통을 치우고 파이프를 제거하였다. 그것이 없어도 물이 잘 나오기 때문이었다. 물탱크에 받아서 물을 사용하는 것보다 직수直水를 이용하면 더 시원하였다. 물탱크를 치우고 나자 옥상은 우리 집 마당이 되어 아이들의 좋은 놀이터가 되었다. 가장자리에는 작은 화분들을 올려놓을 수도 있었다. 그늘진 곳 없이 햇볕을 고르게 받게 된 화초는 더욱 해맑은 꽃을 피우는 듯 했다.

손자들 자라는 모습이 보고 싶다며 아이들 외할머니가 다녀가셨다. 외국으로 시집 간 딸이 어떻게 살고 있는지 궁금하기도 했을 것이다. 일본 나고야에서 장모님이 오시던 날 옥상으로 모시고 올라갔다. 옥탑방으로 안내를 하자 어이가 없으신지 한동안 말없이 앉아만 계셨다. 그러더니 아래까지 오르내리려면 아이들이 위험하겠다는 말씀을 하셨다.

단독주택 3층 위의 옥탑방, 우리는 4층에 살고 있는 셈이었다. 1층이 반 지하로 되어 있으니 4층이 채 못 되었고, 그 정도를 걸어서 오르내리는 사람은 수없이 많다. 안팎이 같이 무딘 성격 탓인지 우리 부부는 그다지 불편함을 느끼지 못하고 살았다.

아이들 외할머니는 다녀가시면서 손자에게 세발자전거를 선물로 사 주셨다. 동생과 함께 탈 수 있도록 뒷자리가 달린 것이었다. 아이들은 좋아 어쩔 줄을 몰라했다. 한국말을 잘 모르는 외할머니와 일본말을 아직 할 줄 모르는 손자들은 가볍게 작별인사를 나누었다.

그 뒤로 아이들은 세발자전거를 옥상의 좁은 마당에서 타고 놀았다. 작은 발로 발판을 구르며 마당을 뱅글뱅글 돌았다. 그 모습을 가만히 바라보고 있으면 땅도 파란 하늘도 둥글게 돌아가는 것만 같았다. 나는 둥근 세상 둥글게 살아가리라 마음먹었다. 아이들은 그 좁은 마당을 벗어나지 못하는 데도 재미있어 했다.

자전거는 다섯 살 먹은 형의 것이었다. 동생을 뒤에 태우고 놀다가 집 앞 놀이터에서 친구들 소리가 나면 내려가서 놀았다. 두 살 된 동생은 혼자 자전거에 올라앉아 보지만 발판 굴릴 줄을 몰랐다. 자전거가 타고 싶어도 형이 돌아올 때까지 기다려야만 했다. 그러다가 밖에서 놀던 형이 돌아와 자전거에 척 올라앉으면 동생도 재빠르게 뒷자리에 탔다.

그런데 형이 자전거를 몰지 않고 가만히 앉아만 있다가 방으로 뛰어 들어가기도 했다. 그러면 동생은 엉덩이를 들썩이며 울었다. 아내는 "동생 자전거 좀 태워주라."며 큰 아이를 달래었다. 시간만 나면 자전거를 타던 큰 애가 언제부턴가 그 타는 일에 흥미를 잃은 것 같았다. 좁은 마당으로는 양이 차지 않는 모양이었다.

하지만 아내는 아이들이 자전거를 가지고 1층으로 내려가는 것은 허락지 않았다. 힘에 버거운 자전거를 갖고 계단을 오르내리는 것은 위험했고 자전거를 길 가에 두고 올라오기라도 하면 잃어버리기 십상이었다.

파란 하늘이 잘 보이는 옥탑 마당 위로 고추잠자리 떼가 날아다녔다. 휴일 오후가 되면 별스럽게 비행기가 자주 지나갔다. 비행기 소리가 날 때면 자전거를 타던 아이들이 하늘을 올려다봤다. 하나가 지나가고 나면 또 하나가 불빛을 반짝이며 다가왔다. 먼 곳까지의 항로를 자세히 살펴보고 있으면 불빛 몇 개가 연달아 반짝이며 다가왔다. 하나, 둘, 셋, 넷. 아이들은 자기가 세어 둔 비행기가 다 지나갈 때까지 지켜보고 서 있었다.

비행기는 5분에 한 대 꼴로 날아왔다. 공항이 인접해 있는 탓에 비행기 구경은 원 없이 하게 됐다. 아내는 공항이 가까워서 좋다며 더운 여름이면 아이들을 데리고 공항 스카이라운지로 가서 비행기 구경을 하였다. 하루에도 수 없이 보고 듣는 비행기 소리가 지겹지도 않은지 별스럽게 공항으로 나들이를 다녔다. 공항에 가면 에어컨 바람이 있어 더위를 피할 수 있다며 웃었다. 타국에서 온 사람에게는 공항이 친근한 느낌으로 다가오는 모양이다.

어느 나라 사람이건 가족이 화목하고 경제적으로 안정된 생활을 하기 원한다. 그리고 개인과 가정과 국가의 세 단위가 건실해야 행복을 느낄 수 있다. 그러고 보면 아이들 외할머니도 딸의 가정이 보다 안정된 경제생활이 되기를 바라며 넘어지지 않는 세발자전거를 사 주셨는가 보다.

생활의 논둑

주일 오후 단풍구경을 할 겸 근처 공원으로 산책을 나갔다. 그런데 갑자기 바람과 함께 구름이 몰려오더니 비가 내리기 시작했다. 빗줄기는 점점 굵어져 소나기로 변했고 한 여름의 장맛비처럼 세차게 퍼부었다.

비를 피해 있다가 빗줄기가 가늘어진 틈을 이용해 서둘러 집으로 돌아왔다. 대문을 들어서니 집수장集水場으로 흘러 들어가야 할 물이 고여서 웅덩이가 되었다. 배수구를 가로막는 나뭇잎들 때문에 흘러내리지 못하고 지하방 앞 복도에 물이 가득 고여 있었다. 급히 배수구의 나뭇잎을 걷어내자 물이 소리를 내며 흘러내렸다.

올 여름에는 유난히 많은 비가 내렸다. 앞으로는 지구 온난화 현상으로 1년에 장마가 두 번 오게 될지 모른다는 말이 들렸다. 소나기가 오면 나는 왠지 긴장하게 되는데 그것은 지난날의 애잔한 경험 때문이다.

오래된 집들 중에는 지금도 지하층의 물이 집 밖의 하수관으로 흘러나가지 못하고 바닥보다 낮은 집수장에 고이도록 되어 있다. 우리 집 복도의 빗물도 집수장으로 흘러들었다가 자동펌프에 의해 밖으로 보내지게 되어 있는데, 지대가 낮은 지역의 동네에서 볼 수 있는 현상이다. 소나기가 내려 물의 양이 많아지면 자동펌프는 쉴 새 없이 돌아가게 된다.

평소 하루에 한 두 번이면 족하던 펌프 작동이 너무 많이 들어오는 물로 인해 쉬지 못하고 돌아가다가 멈추어 서 버린 적이 있다. 뒤늦게 그 사실을 안 것은 물이 방바닥까지 차 오른 후였다. 급히 옆집으로 달려가서 펌프를 빌려와 물을 퍼내야만 했다. 그때의 황당한 경험으로 소나기가 오면 나는 몹시 신경이 쓰인다.

집수장의 물이 순조롭게 빠져 나가지 못하는 데는 몇 가지 이유가 있다. 펌프 아래쪽 호스 입구가 이물질로 막히는 경우와 호스 어딘가에 구멍이 나 있을 때이다. 구멍이 나서 공기가 새게 되면 물을 빨아들이는 흡입력이 약해진다. 그러면 펌프가 돌아가더라도 물은 밖으로 나가지 못한다. 그렇게 빈 펌프가 계속 헛돌다 보면 과열로 인해 스스로 멈추기도 한다. 그것이 집수장이 딸린 집에서 겪는 어려움이다.

우리 동네에서는 장마철에 집에서 물을 퍼내는 장면을 심심찮게 보게 된다. 하수관이 작아서 물이 순조롭게 흘러 내려가지 못하고 역류해서 생기는 현상 때문이다. 이런 일이 자주 발생하다 보니 주민자치센터에서는 신청자에게 물을 퍼낼 수 있는 펌프를 무상으로 지급해 주고 있다. 동네에 물 역류현상이 있게 되면 같은 골목의 여러 집에서 물을 퍼내느라 고생을 한다. 이런 때는 이웃집 사람들이 나와서 도움을 주기도 한다.

어렸을 때 고향 집에는 천수답 너 마지기가 있었다. 벼를 심을 무렵이면 논에 물이 부족해서 늘 고민이었다. 때마침 비가 와서 모내기를 하여도 연이어 물을 대어 주지 못하면 논이 말랐다. 그래서 산 도랑을 막아 물이 흘러들어갈 수 있도록 길을 냈다. 그렇게 만들어 놓고 기다리다 보면 비가 올 때도 있었다. 도랑의 물이 논으로 졸졸 흘러 들어가는 것을 보고 있으면 참으로 기뻤다.

비가 적당히 와서 도랑에 물이 잘 흐를 경우에는 농사짓는 일이 즐겁지만 비가 오지 않을 때는 논에 물을 댈 수가 없어 애가 탄다. 그래서 천수답 농사는 하늘이 반을 짓는 것이라는 말이 있게 되었는지 모른다.

중학생이던 때의 일이다. 벼논이 말라 가던 중에 이른 새벽부터 소나기가 내려 참으로 반가웠다. 그런데 빗줄기는 점점 굵어지고 세찼다. 어머니는 우의雨衣를 찾아 입으셨다. 비닐 비료부대를 구멍 뚫어서 만든 우의를 입어 봐야 비를 피할 수 있는 것은 아니다. 어머니는 머리에 수건을 쓰고 대광골 논으로 향하셨다. 작은 괭이 하나를 들고 캄캄한 빗속을 서둘러 가셨다.

나는 어머니가 무엇을 하러 가는지 바로 알았으므로 동생을 깨웠다. 혼자 뒤따라가기가 무서워 동생을 데리고 가려는 것이었다. 눈치 빠른 동생은 상황을 금방 알아채고 따라서 나섰다. 동생과 함께 우의도 입지 않고 빗속을 달렸다. 밭 고개를 넘어서면서부터 "엄마!"를 불렀다. 어둠 속에서 혼자 일하고 계실 어머니가 무섭지 않도록 인기척을 보내는 것이다.

세찬 비가 오리목 나뭇잎을 때리고 물이 골짜기를 흘러내리는 소리가 시끄러워 우리의 목소리가 들릴 리는 없다. 그래도 '엄마'를 외치며 논가의 도랑으로 달렸다. 어머니는 그곳에서 도랑물이 논으로 쏟아져 들어가는 것을 막고 계셨다. 그러나 순식간에 노도怒濤처럼 밀려드는 산골짜기의 물을 막을 재간은 없다. 어머니는 도랑에 애써 막아 놓았던 돌들을 뽑아내었다. 논에 물을 대기 위해 고생하며 쌓아 놓은 것이었지만, 그것을 뽑아내자 도랑물은 더 이상 논을 덮치지 못했다.

하지만 이미 한꺼번에 밀려든 물 때문에 논둑은 몇 군데가 무너져 버렸다. 몇 년마다 한 번씩 겪게 되는 형벌 같은 그 일을 묵묵히 견디며 어머니는 농사를 지으셨다. 천수답 너 마지기의 논배미가 열다섯이나 되었으니 농작물을 심을 때 손이 얼마나 많이 가겠는가. 그래서 어머니는 늘 일이 많은 대광골 논에 계셨고 나는 방과 후면 그곳으로 달려가곤 했었다. 그때마다 "니들은 농사 짓지 말고 도시 가서 살아라." 하는 말씀을 하셨다.

어머니가 농사일을 접고 서울로 올라오신 지 십여 년 세월이 흘렀다. 그런데도 나는 아직 소나기에 신경을 빼앗기곤 한다. 삶이란 소나기에 무너진 논둑을 다시 쌓으며 살아가는 연속인 것일까. 살다 보면 누구에게나 무너지는 논둑과 같은 일을 겪게 마련이다. 그것을 쌓는 작업 또한 자기의 몫이라면 애정을 가지고 생활의 논둑을 살필 일이다.

수동할머니와 우물

봄이면 철쭉꽃이 아름다워 도회지 사람들이 기를 쓰며 찾아오는 황매산, 그 아래 연동淵洞마을이 내 고향이다. 황매산 정상에 나란히 놓인 세 봉우리는 멀리서 보면 조상을 모셔 놓은 산소 모양을 하고 있어 정감이 간다. 산 좋고 물 맑은 그곳을 나는 일 년에 한 번도 찾지 못할 때가 있다. 어머니가 고향집을 뒤로 하고 손자 손녀가 있는 서울로 올라와 생활하는 시간이 많아지면서 내겐 고향을 찾는 일이 뜸해졌다.

하지만 팔순을 바라보시는 어머니는 도회지보다 평생 살아온 고향마을이 마음 편하신지 봄이나 가을이면 그 곳으로 내려가신다. 집과 밭이 남아 있어 심심찮게 일을 할 수 있는 것이 어머니에게는 큰 즐거움인 모양이다. 무엇보다 마음 편하게 만날 수 있는 마을 사람들은 멀리 사는 친척 이상으로 정을 나누며 살아온 사람들이다.

어머니의 안부가 궁금해 전화를 넣으면 당신에 관한 이야기보다 홀로 계신 작은아버지와 사촌형님택, 덕촌댁, 청산댁, 응골댁 등 이

윗집 소식을 전하기에 바쁘시다. 그 중에 빼놓지 않고 전하는 것이 앞집 수동할머니의 근황이었다.

올해로 1백 살이신 수동할머니는 골목길을 사이에 두고 우리와 마주보는 집에 살고 계신다. 어려서부터 우리는 친구의 할머니를 '수동 할매'라고 불렀다. 수동마을에서 시집을 오셨기 때문이다. 작은 체구에 깡마른 할머니가 목소리만은 항상 카랑카랑하셨다.

수동할머니 집 옆 길가에는 우물이 있었다. 여름 날 나무숲으로 이뤄진 마당에서 아이들이 땀 흘리며 공놀이를 하다가 우물가로 몰려와 등목이라도 할 때면 할머니는 물을 퍼 올려 주기도 하셨다. 한 손에 바가지를 들고 무릎을 꿇은 채 허리를 잔뜩 구부려서 물을 퍼 내는 일이 쉽지만은 않아 아이들이 물을 흘리기라도 하면 꼬장꼬장 한 목소리로 물의 소중함을 말하곤 하셨다.

향나무 아래 바위틈에서 나는 샘물을 골목 사람들이 공동으로 이용하던 시절 우물가에는 늘 사람의 왕래가 있었다. 아낙들의 이야 기 소리가 도란도란 들리기도 했었다. 두레박을 사용할 정도의 큰 우물은 아니었지만 골목 사람들이 먹기에 충분할 만큼 언제나 맑은 물이 솟았다. 열일곱 살에 시집 온 후로 지금까지 같은 물을 마시며 살아오신 수동할머니에게 이 우물이야말로 생명줄인 셈이다. 그 물을 마시며 4남매를 낳으셨고, 며느리는 또 다시 5남매를 낳았다. 손자 손녀까지 모두 결혼을 하고 증손자도 결혼을 하여 아이를 낳았으니 사는 동안 5대째의 혈통을 이어가고 있는 셈이다.

비가 오면 기와 사이로 빗물이 스며들어 마루에 떨어진다는 어머니의 염려가 있어 고향집 지붕을 고치기로 했다. 기와를 걷어내고 농촌에서 흔히 볼 수 있는 개량 지붕으로 바꾸었다. 모양은 기와처럼 보이지만 기와는 아닌 고무와 플라스틱이 합성된 재질이었다.

지붕이 다 되었다는 연락을 받고 고향집을 찾게 되었다. 그런데 오랜만에 보는 골목길이 왠지 낯설기만 했다. 가만히 살펴보니 우물이 없어진 것이다. 이웃집 담장이며 대밭이랑 길가의 감나무는 그대로인데 우물터를 메워 길을 넓혀 놓은 것이었다. 마을 뒤 산에서 나오는 물을 동네의 상수도로 사용하기로 하여 골목의 우물은 없애기로 했다는 것이다.

우물을 없애는 데는 사연이 있었다. 골목 비탈길이 우물로 인해 둥글게 휘어져서 있는데 자전거, 오토바이, 경운기 사고가 빈번하게 난다는 것이다. 중촌댁 손자가 자전거를 타고 내려가다가 떨어졌고, 덕곡양반이 경운기를 몰다가 떨어져 죽을 뻔하였으며, 우체부 아저씨도 오토바이를 타고 내려가다 미끌어진 적이 있다고 하였다. 그러자 동네 사람들이 회의를 열어 우물을 없애기로 하고 대신 길을 넓혀 놓은 것이다.

우물을 없애는 데 제일 서운하였을 사람은 수동할머니이지 싶어서 찾아뵈었다. 할머니는 반갑게 손을 잡아 주셨다. 우물이 없어져서 서운하지 않은가 하고 여쭙자 우물터에서 있었던 많은 사연들이 생각이라도 나는 듯 입술을 가늘게 달싹이셨다.

일제시대에 혼인을 한 뒤 이 우물물로 시집생활을 시작하여 해방을 맞았고 6.25의 비참상을 경험하였다. 지게를 지고 간신히 지나다니던 좁은 길이 넓어져 리어카와 경운기가 다니게 되었다. 그리고 이제는 자동차도 지나다닐 수 있게 되었으니 세월과 함께 골목길에서 생긴 사연도 많았다.

그러나 자전거며 오토바이를 타고 비탈길을 쏜살같이 내려오는 젊은이들을 볼 때면 위험천만한 생각이 들어 우물을 없애는 데 반대를 하지 못하셨단다. 누구보다 우물에 대한 애정이 클 수밖에 없었을 수동할머니가 동네 사람들의 편의를 위해 흔쾌히 허락하신 것은 대의를 위한 넓은 사랑의 마음일 것이다.

집을 들고 날 때면 자꾸만 우물이 있던 자리로 눈길이 갔다. 나의 마음이 이러한데, 80여 년 동안 그 물을 마셔 왔고 집을 나서기만 하면 눈앞에 보이던 우물이 없어져 버렸을 때의 허전함이란 어떠하셨을까. 수동할머니의 주름진 얼굴이 자꾸만 아른거린다. (2004년)

은반 위의 세레나데

평소 스포츠에 관심을 갖지 않던 아내가 텔레비전 앞에서 눈을 떼지 못하였다. 전주에서 열리는 피겨스케이팅 '2009~2010 4대륙 선수권' 때문이었다. 아내와 스포츠에 대한 이야기를 나누다 보면 사람마다 좋아하는 관심분야가 따로 있다는 것을 절감하게 된다.

축구나 배구 야구 등 공과 함께 뛰고 구르는 구기 종목을 좋아하는 나와는 달리 아내는 수영이나 스키, 피겨스케이팅 같은 것을 좋아한다. 스포츠도 예술성이 있고 보기에 아름다워야 한다면서 땀 흘리며 상대와 겨루는 힘든 경기는 아예 보지를 않는다.

국제간 축구 시합이나 명문 클럽 간 경기가 있을 때면 TV 채널을 고정시키고 나는 그 앞에 앉는다. 경기에 몰입해 시간 가는 줄 모르고 있으면 찻잔을 들고 온 아내가 "끝나갈 때쯤에 잠깐 보면 될 것을 뭣 하러 긴 시간 낭비하며 다 보고 있냐."며 웃는다.

그러나 그것은 경기가 진행되는 중에 얻게 되는 여러 가지의 즐거움을 모르고 하는 말이다. 넓은 운동장이 하나의 바둑판과 같아 선수들의 몸놀림 하나에도 관심을 두다 보면 시간이 금세 지나간다. 특히 현란한 드리볼로 상대를 따돌리고 골문을 향해 돌진하는 모습은 그 어떤 예술 이상의 감동이 있다. 그물망 같은 수비수들 틈새에서 몸을 던지는 헤딩으로 골문을 가르는 모습도 통쾌하다.

둥근 공으로 공격과 수비를 적절히 펼치면서 상대를 압박해 점수를 올리는 축구야 말로 가슴을 두근거리게 한다. 그 치열한 몸싸움을 통해 상대를 제압하고 승리를 쟁취하는 스포츠의 참맛을 알지 못하는 아내가 수영이나 피겨스케이팅 경기가 시작되면 눈을 동그랗게 뜨고 텔레비전 앞으로 나선다.

1년 전 경기도 고양시에서 2008년 피겨 그랑프리 파이널이 펼쳐질 때도 그랬다. 그랑프리 파이널은 1년 동안 국제대회의 그랑프리 경기에서 상위 점수를 받은 세계에서 여섯 명만 참가할 수 있는 대회이다. 한 해를 마무리하는 최종 왕중왕 대회로 펼쳐지기 때문에 세계 최고의 선수들이 좋은 기량을 마음껏 발휘하게 된다.

딸아이와 함께 텔레비전 앞에 앉은 아내가 재미있어 하며 아이가 궁금해 하는 것을 설명해 주고 있었다. 피겨 스케이팅 경기 방식에 대하여 관심을 두지 않던 나도 다가가서 앉았다. 채점 방식은 전날의 쇼트 프로그램과 다음날 프리 프로그램 점수를 합산하여 순위를 가리게 되어 있었다. 예선이라 할 수 있는 쇼트 프로그램은 2분 40초의 경기이고, 본선이라 할 수 있는 프리 프로그램은 4분간 연기를 선보이는 경기였다. 주어진 시간에 연기력이 좋고 난이도가 높은 기술로 경기를 펼치게 되면 높은 점수를 받게 된다. 선수들은 특히 프리 프로그램의 4분 동안에 자신이 갖고 있는 실력을 마음껏 펼치게 되는데 1년 동안 갈고 닦은 기술을 선보이는 것이다.

경기를 보면서 피겨 스케이팅의 기술에는 제자리에서 팽이처럼 도는 스핀이 있고, 공중으로 뛰었다가 회전한 뒤 내려오는 점프가 있는데 그 난이도에 따라 점수가 각각 다르다는 것을 처음으로 알게 되다. 점프에서 1회전 기술을 싱글이라 하고, 2회전은 더블이며, 3회전은 트리플이다. 거기에 반 바퀴를 더 돌게 되면 액셀이라는 말이 붙게 된다. 싱글 액셀, 더블 액셀, 트리플 액셀이 그것이다.

한국에 피겨 스케이팅 열풍을 몰고 온 것은 김연아 선수로 인해서이다. 그 전까지는 특출한 선수가 없어 다른 나라 선수들이 펼치는 연기를 감상만 하고 있었을 뿐이다. 그런데 세계적인 기량을 갖춘 김 선수가 나오게 됨으로써 한국은 피겨 스케이팅 강국이 되었다. 그로 인해 처음으로 국내에서 그랑프리 파이널 대회를 개최하였고, 2010년 1월 전주에서 4대륙 피겨 스케이팅 선수권을 갖게 된 것이다.

아내는 전통적으로 일본이 피겨 스케이팅 강국인데 특히 나고야가 여자 피겨 스케이팅의 메카라고 하였다. 일본의 유명 선수 대부분이 나고야 출신이며 현재 세계 정상급 선수인 아사다 마오도 그렇다며 은근히 고향 자랑을 하는 눈치였다.

한국은 김연아 선수 외에 국제적 기량을 갖춘 선수가 아직 나타나지 않는데 비해 일본에는 세계 수준급 선수가 많다. 나는 김연아가 은퇴하고 나면 한국에서 피겨 스케이팅 열풍이 식을 지도 모른다는 생각이 스쳐지나갔다.

2008그랑프리 파이널 프리 프로그램에서 일본의 아사다 마오가 여자 선수로는 세계 처음으로 트리플 액셀을 두 번이나 성공을 하였다. 점프를 하여 공중에서 3회전 반을 도는 기술을 한 경기에서 두 번을 펼쳐 우승한 것이다. 이번 4대륙 선수권에서도 같은 기술로 우승을 차지했으니 아사다 선수는 한국에서의 경기에 운이 따르는 편이다.

그런데 나는 세 바퀴를 돌거나 세 바퀴 반을 돌거나 큰 차이를 못 느껴 감동이 오지 않았다. 하지만 아내는 달랐다. 손뼉을 치고 소리까지 내지르며 기뻐하였다. 그러더니 자기 중학교 후배 이토 미도리라는 선수에 대한 이야기를 꺼내었다. 그녀가 세계 대회에서 트리플 액셀을 여자선수로는 최초로 성공하였을 때 일본 열도가 열광했었다고 한다. 가난한 집에서 태어난 이토 선수가 재능은 있었지만 돈이 없어 피겨 스케이팅을 계속할 수 없는 처지에 놓였을 때, 그의 코치가 자기 집으로 데리고 가서 먹이고 재워주며 세계적인 선수로 키웠던 것이라고 했다. 그 선수가 부모님이 운영하던 식당에 온 적이 있다며 아내는 은근히 자랑삼아 말하였다.

스포츠를 보면서 즐거워하는 아내 덕분에 피겨 스케이팅에 문외한이던 나도 경기를 재미있게 보게 되었다. 아는 만큼 보인다는 말이 생각났다. 대회가 끝난 다음날 열리는 갈라쇼는 선수들이 관중들에게 감사의 인사로 자신의 연기를 편안하게 펼치는 서비스와 같은 것이었다. 대회의 부담감을 덜어내어서 그런지 갈라쇼의 무대는 환상적이었다. 선수들은 은반 위에서 나비처럼 춤추었고 관중은 박수갈채로 답하고 있었다. (문학사계, 2010년 봄호)

제 2 부

꽃과 계절

"은빛의 억새 무리가
바람에 흔들릴 때면
사방이 파도처럼 일렁거려
황홀했다."

가을 꽃

미항美港의 도시로 불려지는 Y시 바닷가에서 며칠 묵은 일이 있다. 조그만 선착장이 내려다보이는 산 아래 숙소에는 간간이 파도소리가 들려왔다. 한적한 곳이라 선착장에는 작은 배 몇 척만이 드나들 뿐 조용했다. 근해近海에는 섬들이 둘러쳐져 있어 마치 호수 같은 바다였다. 밭에서는 가을걷이가 시작되어 고구마를 캐고 깻단을 묶는 아낙들의 손길이 바빠졌고, 산에는 단풍이 곱게 물들고 있었다. 가로수 잎들도 갈색으로 바뀌기 시작해 가을의 정취를 느낄 수 있었다.

며칠 지나자 잔잔하던 바다에 바람이 일기 시작하더니 파도가 높아졌다. 태풍이 올라온다는 뉴스가 있었고, 우리는 서울로 돌아오게 되었다. 그 뒤 한여름에나 볼 수 있는 대형 태풍이 비를 동반한 채 남부지역을 휩쓸고 지나갔다. 그 바람에 단풍이 들어가던 가로수 잎이 몽땅 떨어져 버리는 일이 생겼다.

가을 태풍이 물러가자 추워질 거라고 염려했던 것과는 달리 날씨가 따듯했다. 너무 기온이 상승해 반팔 차림을 하고 다니는 젊은이들도 있었다. 마치 여름으로 되돌아가기라도 한 듯 이상 고온현상이 계속되었다.

보름쯤 뒤 다시 Y시를 찾게 되었다. 그리고 그곳에서 희귀한 광경을 목격하게 되었다. 논에서는 벼를 베어 내고 산에는 가을 단풍이 한창인데 가로수 벚나무들이 꽃을 피우고 있었다. 줄을 지어 서 있는 나무마다 새봄에 꽃이 피어나듯 가지에 흰 꽃봉오리를 달고 있었다. 가을 정취와는 너무도 다른 풍경이 펼쳐지자 눈이 의심스러웠다. 아카시아 나무에도 새로 돋아난 연초록 잎이 너울거려 봄의 잎을 보는 것같이 싱그러웠다. 태풍에 갑자기 잎을 몽땅 잃어버린 나무들이 따듯해진 날씨에 계절 감각을 잃은 게 분명했다.

겨울에도 큰 추위가 없을 정도로 볕이 좋고 따듯해 화양華陽이라는 지명을 가진 곳인데 고온현상으로 별스럽게 더웠던 모양이다. 그래서 철 이르게 잎을 떠나 보낸 나무가 계절 감각을 상실한 모양이었다. 나진을 지나 원포에서 세포로 연결되는 길가의 벚나무가 유독 태풍을 심하게 탔는데, 그곳 나무들이 꽃을 많이 피우고 있었다.

현지에 살면서 차로 공항까지 마중을 나와 준 선배가 벚꽃 나무 아래 차를 세우고 기념사진을 찍자고 했다. 잎이 질 때가 아닌데 몽땅 떨어져 버린 가로수를 보면서 겨울나무를 보는 듯해 안타까웠다고 했다. 그런데 황량해 보이던 나무에 갑자기 꽃이 피어 신기하다며 웃었다. 나무의 생리는 따듯한 날씨 속에서는 잎이나 꽃을 반드시 달고 있어야 하는 모양이다.

계절 감각을 잃고 가을에 꽃을 피운 나무를 보고 있자니 애잔한 생각이 들었다. 제철이 아닌 때에 꽃을 피워서는 열매를 맺지 못할 것이 뻔했다. 이루지 못할 사랑에 빠져든 열정의 젊은이를 보는 듯하여 안타까웠다.

언젠가 제주도에서 가을꽃에 넋을 잃은 적이 있다. 제주도로 출장을 자주 다니던 때였다. 그곳에서 본 봄꽃과 가을꽃이 너무도 인상적이었는데 느낌은 사뭇 대조적이었다. 이른 봄의 유채꽃은 싱그럽고 산뜻했다. 젊은 여성의 미소 같은 느낌이었다. 그런 유채는 주인이 가꾸는 밭에서 곱게 피어 있었다.

가을에는 온 산야에 억새꽃이 지천으로 피어났다. 은빛의 억새 무리가 바람에 흔들릴 때면 사방이 파도처럼 일렁거려 황홀했다. 그런데 가을의 억새꽃은 왠지 쓸쓸함의 감동을 주는 꽃이었다. 봄꽃은 싱싱한 잎과 함께 생명이 뻗어 나가는데, 억새꽃은 마른 잎과 함께 춤을 추고 있어 무도회가 끝나면 운명도 다하게 되는 것이었다.

억새 꽃송이를 하나하나 떼어서 살펴보면 아름다운 색이 섞여 있거나 예쁜 모양을 한 것은 아니다. 그런데도 잔잔한 여운의 감동으로 다가오는 것은 무리를 이루어 너울의 파도처럼 춤을 출 때였다. 바람이 불어 와 억새꽃이 춤을 추면 산도 함께 춤을 추는 것만 같았다.

가을꽃, 제 철에 핀 억새꽃에서도 계절을 잃어버린 Y시의 그 벚꽃에서도 여행자의 고독 같은 것이 배어 있었다. 가을꽃은 고독을 머금고 있는 것인가 보다. (문학사계, 2010년 가을호)

꽃의 온기

봄볕이 좋아 커피 잔을 들고 사무실 창가에 서니 남산의 벚꽃 무리가 눈에 들어왔다. 순간 눈이 스르르 감기면서 아련한 추억 속의 고향마을이 떠올랐다. 봄이면 지천으로 볼 수 있는 것이 벚꽃인데 만개한 꽃을 보고 있으면 왠지 어릴 적 마을의 살구꽃 생각이 난다.

대밭 언덕에 서 있던 커다란 살구나무는 봄이면 연분홍 꽃을 피웠었다. 나무에 꽃이 가득 피면 온 동네가 밝아 오는 듯 훤했다. 초등학교 시절 하교 길에 마을 어귀로 들어서면 살구꽃으로 인해 마을이 참 따뜻한 느낌이라는 생각을 했었다.

친구네 집 대밭 가에 홀로 서 있던 살구나무는 지금껏 내가 본 것 중 제일이었을 정도로 컸다. 꽃이 지고 초록의 열매가 이파리들 속에서 점점 커 가는 동안 나의 새 학년 학교생활도 익숙해져 갔다. 봄꽃의 감동을 잊은 채 살구가 자라고 있다는 것조차 느끼지 못하고 지내다가 보리밭이 노란 색으로 물들어 갈 무렵에야 다시 살구나무에 관심을 두게 되었다.

나무 아래 자리를 잡고 친구들과 숙제를 하며 공기놀이도 했었다.

그러다가 가끔 위를 올려다보면 살구는 참으로 더디 익어 가고 있었다. 성급한 마음에 채 익지도 않은 것을 따서 깨물어 보면 눈물이 날 정도로 시었다. 실없는 팔매질로 멀리 던져 놓고 놀이를 계속 하던 생각이 아련하다.

익은 살구는 저절로 나무에서 떨어지기도 했다. 대밭에 떨어진 살구를 주워서 친구와 나누어 먹으면 달콤했다. 익은 살구는 씨가 잘 빠져 나와 먹기에 좋았다. 살을 잘 발라 먹고 나서 씨앗을 돌에 갈아 구멍을 낸 다음 입으로 불기도 했었다. 대나무를 잘라서 만든 통소와 함께 시골에서 쉽게 만들 수 있는 악기였는데, 살구 씨를 불면 휘파람 같은 맑은 소리가 났다.

단순한 음의 악기라고나 할까. 그런데도 우리는 재미있어 하며 살구씨를 불고 다녔다. 세상에 아름다운 소리를 내는 수많은 악기가 있다는 것을 잘 모르던 시절, 살구씨 악기에서는 시골 아이들의 단순하고 순진한 마음을 닮은 소리가 났다.

하루는 학교에 다녀와서 보니 나무에 살구가 없어져 버렸다. 친구 아버지가 나무를 털어서 살구를 몽땅 따 버린 것이다. 나무 아래는 부러진 작은 가지들과 어지럽게 늘린 이파리들이 흩어져 있었다. 너무나도 서운하고 허전하여 나무 위를 살폈다. 그런데 자세히 보니 높은 가지에 아직도 푸른 살구가 남아 있고 잎들 사이로 떨어지지 않은 것들이 꽤 달려 있었다. 그것으로도 우리가 따 먹을 것은 충분했다.

친구와 둘이 안아야 할 정도로 굵었던 나무는 가지도 많아 그늘이 참 좋았다. 나무 아래서 책을 펴 놓은 채 놀다가 익은 살구가 보이면 나무 위로 올라가 가지를 흔들었다. 그런데도 살구가 떨어지지 않으면 내려와서 돌팔매질을 하기도 했다. 돌은 가끔 슬레이트 지붕 위로 날아가고 장독대로 날아가기도 해 친구네 어머니의 고함소리가 들려오는 것만 같았다.

그렇게 함께 놀던 친구는 부모를 따라 부산으로 이사를 갔다. 명절이 되면 어쩌다 한 번씩 고향을 찾아오곤 했지만, 내가 고향을 떠나온 뒤로는 더욱 만날 기회가 드물었다. 봄이면 생각나던 그 친구가 지난 해 봄 살구꽃이 필 무렵 불의의 사고로 유명을 달리했다. 살구씨에서 나는 맑은 소리처럼 꾸밈없이 말하는 친구였는데 떠나가고 말았다. 언젠가 여름 광안리 바닷가 어느 횟집에서의 동창회 모임에 바쁜 일로 참석하지 못한 것을 미안해 하며 그날 밤늦은 시간에 나오겠다고 전화를 걸어오던 친구였다.

피면 져야 하는 것이 꽃인 것처럼 인생도 꽃과 같다는 생각이 든다. 영원한 시간을 두고 보면 인간이 이 땅에서 사는 기간은 찰나에 지나지 않는다. 그 속에서의 만남과 헤어짐이란 지극히 짧다. 그 짧은 시간을 또다시 못 잊어하는 것이 인간이다. 그래서 인간은 그리움을 먹고 사는 동물이라는 말이 나온 모양이다.

도회지에서 바쁘게 살다 보면, 고향을 까마득히 잊고 지날 때가 많다. 그러다가 어느 순간 그리움이 봇물처럼 밀려오면 눈을 감고 가물거리는 추억 속의 마을 골목길을 가만히 더듬어 보게 된다. 그럴 때면 고향의 살구꽃이 더욱 붉게 피어나는 듯해 가슴이 따듯해 온다. (문학사계, 2010년 여름호)

5월 풍경

찔레꽃이 이렇게도 많았던가! 멀리서는 산에 허옇게 핀 아카시아 꽃만 보였었다. 그런데 가까이 다가가서 살펴보니 아카시아보다 찔레꽃 세상이었다. 밭둑에서부터 산 아래 개울까지 온통 피어 있었다. 개울을 따라 끝도 없이 자리를 잡은 것도 찔레였다. 지천으로 핀 찔레꽃을 보자 김난아의 노래가 생각났다. '찔레꽃 붉게 피는 남쪽나라 내 고향'이라고 했는데, 나의 고향 합천도 한반도의 남쪽이다.

늘 고향을 그리워하는 어머니를 모시고 고향집을 찾았다. 비워 둔 집이라 마당은 감나무와 대나무 잎이며 작은 가지들과 날아든 비닐들로 어지럽혀져 있었다. 어머니는 집 청소를 한다며 소매를 걷어붙이고 나섰다. 나도 빗자루를 들고 마당을 쓸었다. 얼마나 시간이 흘렀을까. 그런 대로 정리가 되었다 싶은 데도 어머니는 쉬지 못하셨다.

부친의 산소를 다녀올 요량으로 집을 나섰다. 예전에는 작은 산 고갯길을 걸어서 넘어 갔지만 지금은 차를 몰고 돌아서 가면 멀기는 해도 쉽다.

야산의 수종도 세월이 흐르면서 바뀌는 모양이다. 산 입구에 예전에는 보이지 않던 가시나무가 숲을 이루고 있었다. 작았던 나무들이 많이 자라서 그런 것 같았다. 높은 아카시아 나뭇가지 끝에는 커다란 꽃송이가 축 늘어져 있었다. 가지 끝에 흰 색으로 피어난 꽃들은 5월 한 때 자신의 존재를 알리며 주렁주렁 매달려 있었다. 아카시아나무는 가지를 흔들흔들하며 꽃무리를 자랑하는 듯했다.

벌들이 윙윙거리며 꽃송이 주변을 맴돌았다. 그러다가 꽃잎에 착 달라붙어 속까지 주둥이로 더듬었다. 그런데도 꽃은 받아주며 가만히 있었다. 벌은 저 꽃에서 왔다가 이 꽃에서 다시 또 저쪽 꽃으로 가면서 부지런히 움직였다. 그 수가 너무 많았다. 꿀을 찾는 경쟁을 하는지 잠시도 가만히 있지 못하고 날개짓을 하며 울어대어 귀가 얼얼했다. 5월의 야산은 온통 벌들의 잔칫집 같았다.

아카시아 꽃향기는 산뜻한 느낌을 준다. 주변으로 내뿜으며 진동을 하는 그런 향기가 아니다. 가만히 꽃잎 가까이 다가가서 맡아 봐야 느낄 수 있는 그런 것이다. 화려하지 않고 수수한 느낌을 주는 꽃 모양처럼 향기도 닮았다. 아카시아나무 아래는 찔레 가지가 서로 엉키어 있었다.

노래에는 찔레꽃이 붉게 핀다고 했는데 흰 것만 보였다. 어딘가 색다른 것이 있는가 하고 기웃거렸다. 그러자 단단한 땅에 딱 벌어져서 자라는 찔레나무가 있었다. 그곳에 연분홍 꽃이 피어 있었다. 드문 경우라서 눈을 크게 뜨고 살피자 주변에 그런 나무가 또 보였다. 흰 꽃잎 끝에 분홍색으로 물이 든 것이었다. 활짝 피기 전의 꽃봉오리

일 때 분홍색이 더 잘 보였다.

주변에는 산딸기나무도 섞여서 자라고 있었다. 딸기꽃은 벌써 지고 초록의 열매가 씨방 받침에 쌓여 있었다. 꽃을 떨구어낸 꽃받침이 딸기를 보호하느라 이불처럼 덮고 있었다. 더러는 떨어지지 않은 꽃잎이 열매 끝에 말라붙어 있는 것도 보였다. 길게 뻗은 망개 넝쿨이 찔레 가지를 휘감아서 얽어매고 있는 것으로 보아 가시나무 종류는 자기들끼리 모여서 자라는 모양이다. 야산은 흐드러지게 꽃을 피운 가시나무들 천지였다.

땔감이 부족하던 시절에는 산에 나무가 별로 없었다. 어른들은 아궁이에 넣어 땔 수 있는 것이면 무엇이나 잘라서 짐을 지고 내려왔다. 가시덤불도 낫으로 쳐서 잘라 묶어 놓으면 땔감이 되었다. 그 뻣뻣한 것도 몇 개월 동안 쌓아 두면 부풀었던 것이 착 가라앉아 아궁이에 불을 때기가 괜찮았다. 그래서 골짝에 자라는 찔레나 산딸기, 망개나무까지도 남아나지 않았다.

오랜만에 찾은 부친의 산소 봉분은 생각보다 낮고 작게 느껴졌다. 소나무로 둘러싸인 숲속은 고요했다. 지게를 지고도 다닐 수 있던 옛길은 사라지고 도로에서 가까운 쪽으로 새 길이 생겼다. 사람들이 다니기 쉬운 곳으로 지나다니다 보니 그곳이 길이 되었다.

풀을 헤치며 올라갈 때는 눈에 들어오지 않던 것들이 하산 길엔 하나 둘 새롭게 보였다. 딱따구리 녀석이 나무를 붙들고 마구 쪼아대고 있었다. 얼마나 열심인지 지켜보고 서 있는 눈길을 의식하지 못하고 자기 일에만 집중하고 있었다.

찻길 아래 큼직한 밭에서는 양파와 감자가 자라고 있었다. 감자의 싱싱한 잎들 위로 꽃이 피었다. 자주색이 섞인 흰색 꽃이었다. 5월의 장미라는 말은 이곳에서는 통하지 않을 것 같다. 산골 야산엔 수수한 흰색의 아카시아와 찔레꽃이 더 어울리는 것 같다. 볼품없다는 감자꽃도 무리지어 피어 있으니 꽃밭이다.

모내기를 하기 위해 무논을 다지는 경운기 소리가 아련히 들려왔다. 소를 몰아 논을 갈던 때의 풍경과는 판이하게 달라졌다. 들판 군데군데 비닐하우스가 자리를 잡은 것도 농촌의 새로워진 모습이다. 본격적인 농사철로 접어들면 경운기는 물러나고 트랙터가 나서서 순식간에 땅을 고르게 된다. 이양기가 들어서서 모를 심고 나면 농부는 무논 관리에 바쁘다. 그때를 기다리며 아직은 마음에 여유가 있는지 마을 앞 느티나무 아래 사람들이 모여앉아 있었다.

마을회관으로 찾아가서 인사를 드려야 할 동네 어르신들인데 나무 아래서 편하게 쉬고들 계시니 반가웠다. 안부를 여쭙고, 타향 생활 소식을 전하니 금세 마음이 통했다. 이야기 속에 간간이 웃음꽃이 피었다. 그 웃음들이 수수한 찔레꽃 같았다.

가로공원

　가늘게 부는 바람에도 은행잎은 우수수 떨어지고 있었다. 이슬 무게조차도 버거운지 가지의 끝을 떠나 아래로 주저앉고 있었다. 은행나무 아래 풀밭에는 노란 나비 떼가 모여든 것 같았다. 바람이 불 때마다 흔들리는 것이 나비의 움직임 같다는 생각이 들었다.

　봄부터 여름까지 비바람이 불어도 끄떡없던 잎이 눈雪도 오기 전에 주체主體인 나무와 이별을 하고 있었다. 뜨거운 태양이 내리 쬘 때도 맨몸으로 견디며 줄기가 튼튼해지도록 햇살을 받아 영양분을 공급하던 잎이었다. 겨울로 향하는 길목에서 주체만을 남겨두고 낙엽이 되어 바람을 따라가고 있었다.

　서울과 부천을 잇는 김포공항 인근의 찻길 중앙에 화단처럼 만들어 놓은 기다란 공원이 있다. 중앙분리대 대신 도로 한가운데를 조성해 나무를 심어 볼거리를 만들었다. 이곳을 강서가로공원江西街路公園이라고 부른다. 공원에는 소나무 은행나무 단풍나무 벚나무 목련 라일락 철쭉 등 여러 종류의 나무가 보기 좋게 자라고 있다. 크고 작은 나무가 서로 조화를 이루어 철따라 멋을 낸다.

이곳은 사람이 들어가서 쉬거나 즐길 수 있는 공원은 아니다. 단지 저만치의 길 건너에서 눈으로 풍경을 바라보며 마음의 여유를 얻는 곳이다. 눈으로 보고 느끼는 아름다움의 멋은 마음 작용에 따른 것이다. 붉은 단풍나무 잎과 노란 은행잎 그리고 벌레 먹은 벚나무 잎조차도 마음에 의해 곱게도 보였다가 쓸쓸하게 느껴질 때가 있다.

출근길의 가로공원 은행잎들이 노란 나비 떼 같아 며칠 동안 내 마음을 끌었다. 연달아 날아오는 나비들같이 나무 위에서 자꾸만 떨어져 내리고 있었다. 강산이 두 번 바뀔 만큼의 세월에 같은 정류장에서 버스를 타고 내리는 동안 공원 풍경을 살피는 일이 습관처럼 되었다. 봄에 꽃이 피고 잎이 돋아 초록의 세상을 이루더니 어느 새 만추晩秋의 계절이 되어 가지를 떠난 잎들이 바람에 날리고 있었다.

버스를 기다리느라 서 있으면 공원의 나무들도 건너편에서 나를 가만히 보고 있는 것 같다. 사람의 옷차림을 보면서 그들도 계절의 변화를 느끼는 것일까. 두툼한 옷을 입은 사람들이 거리에 늘자 나무는 잎을 떠나보내기 시작하는 것 같다. 사람들은 옷을 더욱 걸침으로써 겨울 채비를 하는데, 나무는 잎을 떠나보내고 맨 몸으로 겨울 맞을 준비를 하니 참으로 대조적이다. 떨어지는 잎들 중에 더러는 풀밭에 앉지 못하고 아스팔트 위에 떨어져 차바퀴에 깔리고 있었다. "스륵, 스르럭!" 소리를 내며 동료를 짓밟고 지나가는 바퀴를 향해 시위를 벌이듯 쫓아가고 있었다.

찬바람을 막으려고 외투를 걸쳤더니 몸이 조여 왔다. 움츠러드는 가슴을 펴고 고개를 들자 맑은 하늘에 새 떼가 지나가고 비행기도 날아갔다. 목련나무의 높은 가지에서 갈색의 잎들이 팔랑이고 있었다. 지난 봄 그 가지 끝에 하얀 꽃이 피었을 때는 지나는 이들의 눈길을 끌곤 했었다. 어느 듯 계절이 바뀌어 꽃이 달렸던 자리에서 단풍잎이 흔들리고 있었다.

여유로운 퇴근길엔 지하철역에서 걸어 집으로 가기도 한다. 조금 먼 듯한 거리지만 가로공원을 따라 걷고 싶은 마음에서다. 걷다 보면 약국, 병원, 목재상, 카센터, 기사식당, 세차장, 간판집, 옷가게, 편의점, 헌책방 등 수 많은 건물을 만난다. 하지만 대부분 나지막한 집들이다. 주변에 높은 빌딩이 없어 작은 공원이 그나마 돋보인다. 공원 끝에는 높지 않은 산이 있다. 단풍이 곱게 느껴질 때면 그곳까지 걸어가 본다. 직장의 빡빡한 생활에 짓눌려서 살다 보면 계절의 변화를 실감하지 못할 때가 있다. 그런데 철따라 새로움을 주는 가로공원 덕에 계절의 풍경을 경험할 수 있으니 자연에 감사할 따름이다.

가을이 지나자 겨울이 찾아왔다. 그리고 예상치 못한 폭설이 내렸다. 하루의 적설량으로는 세기적인 기록이라고 했다. 눈은 집과 도로에 지천으로 쌓여 골목길은 참담한데, 공원을 바라보면 평화가 찾아온 듯했다. 나무들은 눈을 뒤집어쓴 채 고개를 숙이고 있었다. 강추위로 인해 며칠이 지나도록 쌓인 눈은 녹을 줄 몰랐다. 보도블록에 얼어붙은 눈이 발걸음을 불안하게 하였다. 행인이 미끄러져 눈 위에 뒹구는 일이 간혹 있었다.

그래서일까? 가만히 살펴보니 평소 발길이 잘 닿지 않는 공원의 나무들 사이로 발자국이 나 있었다. 흰 눈을 밟고 지나간 흔적이었다. 하루가 지나자 그곳에 한 줄기의 길이 만들어졌다. 먼 신호등 아래 횡단보도까지 둘러서 가는 것보다 공원을 가로질러 건너는 편이 쉽다고 생각한 모양이다. 어쩌면 공원의 눈밭을 걸어보고 싶은 마음에서였는지도 모른다. 다행히 차들은 모래밭을 지나가듯 서행운전을 하고 다녔다. 폭설과 한파로 인해 생겨난 풍경들이었다.

공원 옆 늘 분주하던 고물상과 셀프세차장이 너무나 조용해졌다. 폐지를 실어 나르던 리어카들이 보이지 않고, 세차장 호스에서 새어 나온 물방울이 고드름을 만들었다. 눈이 녹으면 이곳도 제 모습을 찾아 활기가 넘칠 것이다. 허리 굽은 할머니와 머리칼이 허연 할아버지가 손수레에 고물을 가득 싣고 미끄럽던 눈길의 이야기로 안부를 물을 것이다.

혹독한 추위를 견디어 낸 나무에서 피는 꽃이 더 아름다울 듯싶다. 시련을 지혜롭게 잘 이겨낸 사람이 마음수양으로 심성이 깊어지는 것과 같은 이치이다. 겨울이 별스럽게 추웠으니 봄의 가로공원 개나리와 진달래, 라일락, 목련꽃이 무척이나 기대된다. (2009년)

고드름

겨울 추위는 해마다 다른 것 같다. 큰 추위를 느끼지 못할 정도로 겨울나기가 쉬운 때가 있는가 하면, 어떤 해는 몸서리가 쳐질 정도로 매서운 한파가 몰아치기도 한다. 지난 겨울은 영하 15도를 오르내리는 강추위가 계속되었다. 하루의 적설량으로는 서울에서 1백 년 만의 기록적인 눈이 쌓였다. 한강이 얼어붙자 방송국 기자는 강 가운데로 걸어서 들어가 겨울 추위를 알리는 보도를 하였다.

그런데 황량하게만 느껴지는 겨울철에도 감동적인 자연의 볼거리가 있게 마련이다. 설경과 함께 고드름이 그것이다. 늦추위가 이어지면서 날이 추웠다 풀렸다 하는 동안 우리 집뿐만 아니라 이웃집 처마에도 고드름이 주렁주렁 매달렸다. 도시에서는 보기 드문 풍경이라 이곳저곳을 살피다가 옥탑방 보일러 연통 아래에서 기이하게 생긴 얼음기둥을 발견했다. 연기통에서 한 방울씩 떨어지는 물이 바닥에서부터 얼어붙어 위로 자라는 고드름을 만들었다. 투명한 기둥의 고드름은 영락없는 야구방망이 모양을 하고 있었는데 크기도 비슷했다. 벽 후미라서 쉽게 발견되지가 않았던 것이다.

그것을 보면서 마이산의 유명한 역 고드름 이야기가 생각났다. 그릇의 가장자리 물이 먼저 언 다음 부피가 늘어나는 얼음의 원리에 따라 가운데가 천천히 솟아오르면서 어는 고드름 이야기이다. 그 현상이 마이산에서는 유독 특별해 언론에 소개되었다.

겨울에 설경은 어디서나 흔하게 접할 수 있다. 하지만 가슴을 방망이질할 만한 감동적인 장면을 만나기는 쉽지 않다. 앵커리지로 향하던 비행기에서 경험한 일이다. 알래스카의 눈 덮인 산들이 마치 그림 같아 정신없이 바라본 적이 있다. 비행기의 좁은 창문으로는 산을 감상하기 어렵다는 것을 알면서도 그랬던 것은 설경의 경이로움 때문이었다.

추운 겨울 설악산 울산바위가 빤히 보이는 지점에서 하룻밤 묵은 일이 있었다. 자고 일어나자 유례없이 많은 눈이 내려 환상적인 설경을 연출하고 있었다. 조심조심 차를 몰아 전망이 좋은 길가에 세웠다. 마침 그곳엔 사진을 찍을 수 있도록 높다란 전망대가 만들어져 있었다. 그곳에 올라서자 온 천지가 하얘 마치 눈 속 동화의 나라를 보는 듯 황홀했다. 추위를 참으며 사진을 찍었던 것은 그만한 설경을 다시 보기 어려울 것 같아서였다.

고드름은 겨울철에 볼 수 있는 정겨운 자연현상이다. 강원도 평창의 한 리조트에서 며칠 지내며 일을 하게 되었다. 그곳에는 산 중턱에 이국적 풍경으로 지어진 펜션이 줄지어 서 있었다. 그 처마에 고드름이 주렁주렁 매달렸는데 1미터나 될 정도의 길이었다. 그 광경은 어릴 적에 초가지붕에서 보던 것과는 너무나 다른 느낌이었다. 유심히 바라보고 서 있는데, 햇살을 받은 고드름 끝에서 영롱한 물방울이 뚝뚝 떨어져 내렸다. 3월에 그토록 길게 매달린 걸 보면 한겨울보다 추위가 살짝 풀리면서 눈이 녹는 시기에 고드름이 더 크게 자라는 모양이었다.

고드름 하면 나는 어린 시절 초가집 처마 끝에 매달려 있던 것이 생각난다. 모양은 작고 볼품이 없었지만 정겨웠다. 지붕에 눈이 내리면 물기가 지푸라기 속으로 스며들었다가 천천히 흘러내렸는데 삭은 짚의 물이라 누런 빛깔이었다. 그것이 얼어붙어 고드름을 만들었고, 처마 끝에는 볼펜 자루 만한 고드름이 주렁주렁 매달렸었다.

중학시절 겨울방학이면 친구들과 산으로 땔감 나무를 하러 다녔다. 먼 산까지 어른들을 따라서 가기도 하였는데, 나뭇짐을 지고 산을 내려오다 보면 힘이 들어 땀이 났다. 그리고 목이 말랐다. 갈증을 풀려고 시냇가 돌다리를 건넌 다음 지게를 세워 두고 냇물을 마셨다. 소가 물을 마시듯 엉덩이를 높이 치켜들고 고개를 숙인 채 꿀꺽꿀꺽 마시고 나면 한결 기운이 솟았다. 촬~촬 흐르는 물소리는 끝이 없었다. 물로 배를 채운 뒤 주변을 돌아보면, 버들강아지 나무에 고드름이 달려 있기도 했다. 물방울이 튀어 올라서 만들어 낸 현상이었다. 그 투명한 고드름을 따서 먹곤 했는데 입 안에 넣고 깨물면 과자처럼 바삭바삭 소리를 내며 부서졌다. 그러고 나면 입 안이 얼얼했다. 친구를 바라보면 그도 입안의 얼음 소리가 재미있는지 웃고 있었다.

허기를 면하고 싶어 고드름을 따서 먹던 그 시절엔 가난했지만 이웃 간의 정이 있었다. 도시에서는 그런 청량한 물소리와 정감어린 고드름을 만나기가 어렵다. 자연의 신비로움을 느끼며 살던 어린 시절, 그 동심의 세계로 돌아가고 싶어 눈을 감으면 냇물 소리가 아련히 들려오고 투명한 고드름의 반짝이는 모습이 다가오는 듯하다.

마음속에 피는 꽃

  지난 겨울부터 산 속 학교의 기숙사 방 한 칸을 빌려놓고 그곳에서 생활하는 시간이 많아졌다. 복잡한 거리의 자동차 소음 대신 바람 소리와 계곡의 물소리를 듣고 있으면 마음이 편안해졌다. 옷을 벗고 앙상한 모습으로 서 있는 나무들이 추워 보여 언제 봄이 오나 하고 기다렸다. 그런데 어느 새 병아리의 쫑긋한 부리 같은 개나리꽃이 피어나더니 보름달같이 복스런 목련꽃이 피었다.

  강동에서 강서까지 한강변을 따라 차를 몰고 가다 보면 하루 전까지 잘 보이지 않던 개나리꽃이 어느 새 고르게 돋아나 있는 것을 보게 된다. 그 먼 거리에 있으면서도 어떻게 같은 날 같이 꽃을 피울 수 있는 걸까. 나무는 자신이 해야 할 일을 잘도 알고 있다는 생각이 든다. 일제히 꽃을 피우고 잎이 돋아나게 하는 것을 보면 어떤 절대 존재의 보이지 않는 섭리 지휘에 따라 조화를 이루는 것 같다.

  그래서 어느 시인은 「메시아의 손」이라는 장시로 조물주의 창조의 신비를 노래하기도 했겠다고 여겨진다. 조물주 혹은 메시아, 인간

그 이상의 어떤 존재자가 지휘봉으로 신호를 보내어 나무들이 일제히 꽃피우는 것이라면 식물이 인간보다 못하다는 말을 할 수 없게 된다. 인간들이 보지 못하는 그 오묘한 지휘봉을 식물들은 본능적으로 알기 때문이다.

산에서 만나는 꽃은 도회지에서 보는 꽃들보다 싱그럽게 느껴진다. 빛깔도 더 진해 보여 공연히 카메라를 들고 산길을 오르게 된다. 꽃들은 저마다의 독특한 모양과 색을 지니고 있다. 그 모양과 색상이 사람의 마음에 공명될 때 잊지 못할 추억으로 남아지는 것 같다.

그런데 사람이 꽃을 통해 느끼는 감동은 시간과 장소 그리고 자신이 처한 상황과 무관치 않아 보인다. 같은 꽃일지라도 기쁜 마음으로 볼 때와 슬픈 상황 가운데서 바라보면 그 느낌이 다르다.

꽃을 보면서 깊은 인상을 받은 적이 있다. 고향 마을의 살구꽃이 그랬다. 커다란 나무 가지 가득 붉게 핀 꽃으로 인해 마을이 환하게 느껴지던 초등학교 시절의 꽃에 대한 따뜻한 추억이 내 마음속에 늘 자리하고 있다.

군대 영장을 받아 놓고 회사에서 야간 근무를 하던 중에 본 목련 꽃 모습도 잊을 수가 없다. 넓은 창고 안에서 땀을 흘리며 일을 하다가 밖으로 나와서 쉬던 중이었다. 가지 끝에 솟아나 은은한 달빛을 받고 있던 하얀 꽃은 하늘에서 내려오기라도 한 것처럼 맑고 순수해 보였다. 세상에 속하지 않은 존재 같아 넋을 잃고 바라보았다. 평소 지나다니면서 예사롭게 봐 넘기던 꽃이 그날 밤에는 왜 그렇게 감동으로 다가왔는지 모르겠다. 새롭게 맞이해야 할 환경을 놓고 의기소

침해 있던 나에게 특별한 느낌으로 다가오던 그때의 목련꽃을 잊지 못한다.

기진맥진한 상태에서 벚꽃이 눈송이처럼 쏟아져 내리던 모습을 본 것 또한 특별하다. 지나온 날들을 성찰하며 종교 의례에 따라 일주일 금식을 하던 때였다. 일체의 음식은 먹지 않고 물만 마시며 7일 동안 지내던 기간이라 힘이 없어 늘어져 있었다. 금식을 하는 동안에는 하루가 길게 느껴졌다. 사람이 밥을 먹기 위해 공들이는 시간이 얼마나 긴 것인가를 새삼 느꼈다. 시간을 보낼 겸 낮에 근처의 농장으로 생수를 뜨러 다녔다. 그곳에는 벚꽃 나무가 참 많았다. 힘 없는 발걸음을 옮기며 가고 오다가 나무 아래서 쉬기도 했다.

그때 하얀 꽃잎이 바람결에 흩날리며 쏟아져 내리는 장면을 보았다. 살아 있다고도 할 수 없고 죽었다고도 할 수 없는 작은 생명체들이 햇살에 반짝이며 흩어지는 모습에 왠지 모를 눈물이 났다. 바로 전 나무에 달려 있었을 때에는 살아 있는 존재였지만, 공중으로 날고 있는 꽃잎은 살아 있다고 할 수가 없다. 하지만 떨어지는 꽃잎도 살아 있는 것만 같았다. 그래서 가녀린 꽃잎을 손바닥에 올려놓고 가만히 바라보기도 했다.

누가 보아 주던 봐 주지 않던 자신만이 나타낼 수 있는 색깔로 꽃 피우고 스러져 가는 꽃잎처럼 인간의 삶도 그런 것이 아닐까 하는 생각이 든다. 수많은 꽃들 가운데 하나의 꽃잎으로 피어나서 자기의 색과 향으로 봄이라는 무대의 연기자가 되어 살다가 계절이 바뀌면 조용히 내려서야 하는 것처럼 인생도 그런 것인지 모른다.

원불교 정전에 처처불상處處佛像 사사불공事事佛供이라는 말이 있는데, 모든 존재하는 것에 부처의 자비가 깃들어 있다는 말이다. 이 사상을 놓고 보면 인간이나 꽃잎이나 귀하기는 마찬가지다. 오히려 인간이 꽃잎보다도 못한 삶을 사는 경우도 보게 된다.

꽃과의 만남도 인연지어 질 때 감동으로 남아지는 모양이다. 세월이 흘러도 마음속에서 살며시 피어나는 꽃을 만날 수 있어 그 소중한 인연을 고이 간직하고 싶다. (2007년)

배추흰나비

손녀와 함께 텃밭으로 들어서는 할머니 앞에 유채꽃처럼 노란 배추꽃이 피어 있었다. 가을에 뽑아내지 않고 놔 둔 배추가 얼어 죽지 않고 있다가 봄에 순이 자라서 그 끝에 꽃이 피었다. 병아리 깃털 같은 노란 꽃잎이 바람에 하늘거렸다.

따사로운 봄볕이 살아 있는 것들에게 희망을 주자 잠자던 풀들이 기지개를 켜고 일어난 모양이다. 봄은 그 어떤 존재도 할 수 없는 생명을 일깨우는 신비로운 힘을 가졌다. 산이나 들판의 아득한 대지 위에 새순을 돋게 하는 위대한 힘은 봄만이 할 수 있는 특권이다. 겨울 추위에 얼어서 이파리 끝이 허옇게 변한 배추는 생명의 끈을 놓지 않고 있었다. 동상을 입은 잎의 끝 부분이 잘려져 나가고 남은 것이 몽땅한 모양을 하고 있었다. 그 중심에서 길쭉한 꽃대가 솟아올라 꽃을 피웠다.

서울 신월동과 부천 작동을 잇는 새로 난 길은 산을 구경하며 지날 수 있는 한산한 도로이다. 산 아래에는 까치울이라는 동네가 있다. 마을 옆으로는 크고 작은 밭들이 이어져 있다. 그곳에 농작물을 심으려고 괭이로 흙을 고르는 사람들이 보였다.

가까운 집에서 나온 듯 호미를 든 할머니를 따라서 손녀가 밭으로 들어섰다. 밭에는 겨울에 동상을 입고도 얼어 죽지 않은 배추가 듬성듬성 있었다. 할머니가 밭고랑에 가만히 앉자 손녀도 따라서 앉았다. 밭에도 산에도 봄 햇살이 따뜻하게 내려 비추고 있었다.

야트막한 산의 등산로를 지나가는 사람들 인기척이 아래까지 들렸다. 도란도란 이야기 소리가 나더니 등산복 차림을 한 사람들이 내려왔다. 그 중의 한 여인이 밭으로 들어서서 새로 돋은 풀을 살피자 일행이 걸음을 멈춘 채 그 모습을 지켜보고 서 있었다. 허리를 구부리고 있던 여인이 냉이를 캐어서 일어섰다. 잎은 어느새 넓게 자라 있었다. 다시 엎드려 살피더니 이랑 위의 나물들을 발견하고는 좋아했다.

새봄이 왔음을 알고 나무의 잎들보다 먼저 돋아나 봄소식을 전하는 것이 밭의 풀들인 것 같았다. 그것들은 화려하지 않지만 신선한 생동감을 주었다. 배추꽃이 핀 밭에서 손녀가 물었다.

"할머니, 뭐 하는 거예요?"

"벌레 잡는 거지."

"왜 잡아요?"

"잎을 갉아 먹으니까 잡지."

"어떻게 갉아 먹어요?"

할머니는 대답이 궁색한지 고개를 숙이고 배추 잎을 살피기 시작했다. 어미 닭을 따르는 병아리같이 손녀는 할머니 꽁무니를 졸졸 따르며 작은 발걸음을 옮기고 있었다. 따뜻한 햇살만큼 할머니의 마음은 여유로와 보였다.

그때 어딘가에서 배추흰나비가 날아왔다. 이쪽저쪽 밭을 오가며 날아다니는 나비가 봄의 신선한 전령 같아 보였다. 날갯짓은 부드럽고 빨랐다. 그 모습은 순식간에 일군들의 눈을 사로잡았다. 나풀거리는 나비를 바라보며 손녀는 신이 나서 노래를 불렀다. 할머니도 함께 불렀다. 봄바람을 타고 아이의 노래소리는 밭으로 울려퍼져 나갔다. 노래소리가 닿는 곳마다 쑥이랑 냉이가 파란 웃음을 웃는 듯 했다.

나비는 가까이 다가왔다가 멀어지고 또 다시 다가왔다. 아이는 손을 펴서 날갯짓을 하며 노래를 하였다. 나비도 노래에 맞추어 춤을 추는 듯 날갯짓이 힘찼다.

풀밭에서 "툭, 톡!" 하고 묵은 풀대의 튀는 소리가 들렸다. 새순이 밑에서 밀고 올라오자 마른 풀이 떨어져 나가는 소리였다. 청량한 산새 소리도 들려왔다. 봄은 여러 소리와 함께 찾아오는 모양이었다.

배추 잎을 살피던 할머니가 초록 애벌레를 잡아냈다. 애벌레는 잔뜩 긴장해 몸이 반으로 줄어들었다. 할머니가 흙 위에 올려놓고 고양이 눈을 하자 애벌레는 몸을 꼬며 어쩔 줄 몰라했다. 도둑이라도 잡은 듯 할머니는 호미로 콕콕 매질을 해댔다.

주변을 돌면서 나풀나풀 날갯짓을 하던 흰나비가 그 광경을 보기라도 한 것처럼 멀리 도망을 쳤다. 아물거리는 아지랑이 속으로 날아가 버렸다. 아이는 나비가 돌아오라고 날아간 쪽을 향해 노래를 불렀다. 그러나 오지 않았다. 아지랑이 너머로 사라진 배추흰나비는 다시 모습을 나타내지 않았다.

아이의 실망한 눈빛을 바라보던 할머니는 호미를 든 채 허공을 바라보았다. 그곳에는 흰 구름과 파란 하늘이 곱게 펼쳐져 있었다. 새 길 위에 가물거리며 피어오르는 아지랑이 속에서 흰나비라도 본 듯이 눈을 껌뻑이고 있었다. 호미 끝에는 아이의 눈물 같은 물기가 남아 있었다.

잎을 갉아 먹는 애벌레를 잡아내는 일과 춤을 추는 배추흰나비가 날아가 버리지 않도록 애벌레를 그냥 놔두어야 하는 번민 가운데서 할머니는 갈등하고 있었다. 이상과 현실을 생각하는 할머니의 눈에 따뜻한 햇살이 비추자 눈동자에 이슬이 맺히는 듯했다.

여름 밤

더위에 잠 못 이루는 밤이면 옥탑방 창문을 활짝 열어젖힌다. 지나가는 바람이라도 들어오기를 은근히 기대한다. 문을 열면 바람의 이동이 있게 마련인데 열대야에는 그것마저도 너무나 미미해 시원한 느낌이 없다. 선풍기를 틀어 봐도 신통치가 않다.

집에 대단한 물건이 있는 것도 아니면서 문을 꼭꼭 걸어 잠그고 자는 것이 도시인의 생활이다. 뉴스에 여름 밤 문 열린 집에서 사고가 가끔 발생한다는 보도가 있었다. 짐승보다 무서운 것이 사람이라서 창문을 열어 둔 채 잘 수가 없다. 사람보다 좋은 것이 세상에 더 없고, 사람 없는 곳에서는 외로워 살 수가 없다. 정으로 사는 것이 인간이라서 모여 사는 것이다. 그런데 더위로 숨 막히는 밤에도 사람이 무서워 창문을 잠가야 하니 아이러니가 아닐 수 없다.

한낮의 뙤약볕에 열을 많이 받은 옥탑방은 밤중이 되어도 잘 식지 않는다. 벽을 만져 보면 후끈거리는 열기를 느낄 수 있다. 그런 속에서 문을 닫아 걸고 자려면 찜질방 같다는 생각이 들어 에어컨을 달아 놓고 살아갈 날을 손꼽아 기다렸다.

요즘은 기술의 발달과 환경이 좋아져서 무더운 날에도 시원한 바람 속에서 일을 할 수가 있게 되었다. 바람을 만들어 내는 에어컨의 성능이 좋아서 기계의 소음은 거의 없다. 그래서 열대야에도 편안하게 잠을 청할 수가 있다. 안락한 생활을 위해 끊임없이 노력한 덕분이다. 인간의 기술이 대단한 것은 김치냉장고만 해도 그렇다. 가을에 만든 김치를 이듬해 여름까지 보관하며 먹어도 맛에 변함이 없다. 1년을 넘기고 3년이 지난 묵은지의 맛도 일품이라 냉동 기술을 격찬하지 않을 수 없다.

많은 사람은 안락한 환경에서 살기를 바란다. 그것을 실현하기 위해 경제력을 갖추려고 애를 쓴다. 편안한 생활을 위해서는 경제가 뒷받침되어야 한다. 경제란 돈을 말하는데, 그래서 사람들은 그것을 쫓는다. 그러나 돈으로 행복을 살 수는 없다. 돈을 쫓다가 행복을 놓치는 경우도 허다하다. 경제활동에 너무 집착하면 가족 간의 대화가 부족하게 되고 건강을 돌볼 여유조차 없게 된다. 그러다가 갑자기 쓰러지는 날에는 낭패가 아닐 수 없다.

경제적 여유가 세상 살아가는 데 편리한 것은 있겠지만 정신적 여유까지 가져다 준다고 말하기는 어렵다. 더구나 행복은 경제력에 비례하지 않는다. 그래서 적당한 휴식과 함께 자신을 돌보면서 가족의 건강도 챙겨야 한다. 육체적 건강과 함께 정신적 건강 또한 중요한 것이다.

아는 사람 중에 돈과는 거리를 두고 사는 이가 있다. 물려받은 재산이 있는 것도 아니고, 모아 둔 것이 많은 것 같지도 않은데 특별히 직업을 갖지 않고 속 편하게 살아간다. 속으로 나는 대단한 사람이라고 생각한다.

그 부인은 쉴 틈 없이 일을 한다. 식당에서 일하기도 하고 가내공장을 다니기도 한다. 여자의 고생은 말이 아니다. 그러면서도 바가지를 긁는 법이 없다. 불평하는 말은 입 밖에 내지 않는다. 부부간의 신뢰를 제삼자가 어찌 알겠는가마는 겉으로 보기에는 너무 불공평한 느낌이다. 하지만 그것은 어디까지나 옆에서 보는 이의 생각일 뿐이다. 그들은 나름의 행복 기준이 있을 것이다. 그것을 보면 사람의 팔자란 묘하다는 생각이 든다.

사람은 누구나 욕망이 달성될 때 행복을 느낀다고 한다. 선한 욕망일 때를 말한다. 그런데 한 가지의 욕망이 이루어지면 또 다른 목표가 생겨서 더 큰 욕망을 성취하고자 한다. 이와 같이 욕망이란 끝이 없는 것이라서 채우는 방법으로는 영원한 행복에 도달하기 어려운 것이다. 그래서 마음을 비우고 욕망을 버림으로써 행복해질 수 있다는 마음 다스림의 수행이 생긴 모양이다. 어쩌면 그 부부는 이와 같은 이치를 터득한 것인지도 모른다.

초여름 어느 날, 고향 집을 비워 두고 서울로 올라와 계시던 어머니가 시골에 내려가서 지내고 싶다고 하셨다. 그래서 차에 짐을 챙겨 싣고 한 나절 동안 달려서 합천의 황매산 아래 마을로 내려갔다. 청소를 하려고 집의 이곳저곳을 살피는데, 사랑채 방문이 잠겨 있지 않았다. 그 사실을 어머니께 말씀드리자 웃으시며 깜빡 잊고 서울로 올라갈 때 잠그지 않은 모양이라고 하셨다.

일 년 가까이 서울에서 지내다가 내려간 것인데도 걱정이 없으셨다. 사랑방에 있는 것이라곤 호미, 낫, 괭이, 쓰다 남은 비료며 노끈 묶음과 못을 담아 놓은 통이 전부였다. 그것은 돈이 될 만한 물건들이 못 된다. 그것을 알기에 염려를 하지 않는 것이다.

옛적엔 방으로 사용되던 그곳이 지금은 창고라고 해야 맞을 정도로 본래의 목적과는 멀어진 것을 보자 아득한 어린 시절이 떠올랐다. 겨울이면 고구마 자루를 쌓아 두고 하나씩 꺼내어 깎아 먹던 일들이 생각났다. 명절이면 따듯하게 불을 때어 가족이 그 방에 모여서 이야기를 나누기도 했었다. 친척이 찾아와 하룻밤 묵고자 할 때면 늘 사랑방을 내주었다.

나는 오랜만에 사랑방에서 자 보리라 생각하고 청소를 시작했다. 방을 쓸고 닦는 데 시간은 얼마 걸리지 않았다. 가운데 앉아서 손만 뻗어도 양쪽 벽이 닿았다. 소를 키우던 마구간과 붙어 있어 퀘퀘한 냄새가 났다.

스위치를 넣으면 전구에 불이 들어왔지만 일부러 켜지 않았다. 달빛을 빌려 어둠을 밀어내고 이불 위에 누웠다. 어둑한 방 안의 사물들이 희미하게 보였다. 마을 앞 공터에서 공놀이 하던 친구들 이름이 떠올랐다. 마산으로 부산으로 더러는 울산과 서울로 떠나고 마을에 남아 있는 친구가 없다.

방문을 열어 두고 잠을 청하는데, 영 잠이 오지 않았다. 누워서 밖을 보니 하늘의 별들이 초롱초롱하게 빛났다. 대밭에서는 스산한 바람소리가 들려왔다. 새벽이 되어서야 잠이 살풋 들었는데 발자국 소리에 깨었다. 뒷집 청산댁 아지매가 나물을 주고 간 모양이었다. 어머니는 내 차에 실어서 보낼 야채를 다듬고 계셨다. (2008년)

강아지와 비둘기

집에서 걸어 십여 분 거리의 산 중턱에 정자亭子가 있다. 마을 옆 산길 초입에 서 있는 주민들의 쉼터이다. 정자 아래는 화곡동을 서로 연결하는 터널이 있다. 터널 속으로 쉼 없이 차가 달려 들어간다. 마치 산이 차들을 마구 빨아들이는 듯한 느낌이다. 정자에서 내려다보면 멀리 집들이 촘촘하게 보인다. 버스를 타고 평소 지나다니던 길이건만 낯설게 느껴진다.

정자에서는 심심찮게 장기판이 벌어진다. 선선한 가을이면 어김없이 주민들이 모이고 마음 내키는 이가 장기판을 펼친다. 그러면 묵언으로 '같이 한 판 두자'며 마주 앉는 사람이 있게 마련이다. 그곳에서 장기 두는 구경을 하다가 산을 돌아서 내려가고 있었다.

따뜻한 햇살이 오동나무 위에 내려앉고, 선선한 바람이 불자 넓은 잎이 흐느적거렸다. 언제까지나 계속될 것 같던 무더위도 한풀 꺾였다. 저녁에는 보일러를 켜고 낮에는 에어컨을 돌려야 할 정도로 기온 차가 심했다.

산 아래 은행나무집 할머니가 큰 길로 나서자 하얀 강아지가 종종걸음으로 뒤를 따랐다. 할머니는 길가에 놓인 의자에 살며시 걸터앉았다. 그리고 앞으로 나서는 강아지를 "야!" 하고 불렀다. 강아지는 앞발을 들며 손을 향해 뛰어 올랐다. 할머니의 손에는 부채가 들려 있었다. 가볍게 살살 흔들며 부채질을 하는 것은 더위보다 날아드는 파리를 쫓기 위함이었다. 그 앞에서 복스러운 강아지가 꼬리를 흔들었다.

강아지는 전봇대 옆에 관심이 있는 듯했다. 할머니를 향해 꼬리를 살랑살랑 흔들다가도 귀를 쫑긋 세운 채 가만히 서 있었다. 그러다가 다시 할머니의 부채를 빼앗아 보려는 듯 손을 향해 달려들었다. 할머니는 그것이 싫지 않은 모양이었다. 길가의 전봇대 아래에는 쓰레기와 함께 박스들이 널브러져 있었다. 그리고 먹이에 정신이 팔려 봉지를 쪼고 있는 비둘기 한 마리가 있었다.

비둘기는 초코파이가 든 봉지에서 먹이를 꺼내려고 애를 썼다. 부리로 내려쫀 다음 고개를 옆으로 홱 흔들었다. 그러자 봉지가 길바닥 위로 미끄러져 나갔다. 비둘기는 따라가서 다시 쪼았다. 봉지에 구멍이 나서 가루가 새어나오자 더욱 열심이었다.

강아지는 비둘기의 행동이 궁금한지 살며시 다가서고 있었다. 작은 발을 조심스럽게 내어 딛는 모습이 긴장한 것 같았다. 비둘기는 강아지가 다가오자 신경이 쓰이는 듯 힐끔힐끔 바라보며 경계를 하였다. 쪼는 것을 멈춘 채 고개를 들고 가만히 서 있기도 했다. 그러다가 다시 봉지에 집중했다.

비둘기의 몸통 깃은 갈색이고 꼬리는 흰색이었다. 흔히 보이는 것들과 다르게 생겼다. 가까이 다가오는 강아지를 의식하고 비둘기는 폴짝 날았다가 바로 옆에 내려앉았다. 강아지는 그 모습을 멀뚱히 바라보고 서 있었다. 괴롭히려는 의도가 없음을 눈치 챘는지 비둘기는 다시 초코파이 봉지 곁으로 다가갔다. 그러자 강아지도 비둘기에게로 다가섰다. 비둘기는 고개를 들고 귀찮다는 듯 몇 발자국 멀어졌다. 강아지는 돌아서서 할머니에게로 향했다.

할머니는 호주머니에서 누룽지 한 조각을 꺼내어 입에 넣고 오물거렸다. 강아지도 먹고 싶은지 앞발을 올린 채 꼬리를 살랑거렸다. 할머니는 주고 싶은 마음이 없어 강아지의 행동에는 무관심이었다. 저만치 아래쪽에 파헤쳐지고 있는 공원을 내려다볼 뿐이었다.

산 아래의 가로공원은 상처투성이였다. 나무를 뽑아내고 지하주차장을 만드는 중이었다. 굴착공사를 하다가 멈추어 서 있는 기계가 흉물스럽게 보였다. 나무를 뽑아낸 자리가 움푹움푹 패여 있었다.

은행나무, 소나무, 벚나무, 라일락, 철쭉 등으로 아담하게 꾸며져 바라보는 이의 마음을 푸근하게 하던 공원이 사라져 버릴 판이다. 나무가 있어 까치도 찾아오고 비둘기도 모이는데, 공원이 없어지면 새들은 더 이상 찾아올 일이 없을 것이다. 날아와 쉬면서 먹이를 줍던 곳이 사라지면 새들도 당황스럽지 않을까. 동네 담장 가의 나뭇가지로 몰려갔다가 골목길에 내려앉아 먹이를 찾게 될지도 모른다. 그렇게 되면 사람들과 마주치는 일들이 더 많아져 위험을 무릅쓰고 하루하루를 살아가야만 할 것이다.

까치산으로 향하는 젊은 연인이 손을 잡고 다가오고 있었다. 훤칠한 키의 남자는 여성의 가방을 어깨에 멘 채 손을 뒤로 쭉 내밀었고, 긴 머리에 짧은 바지의 여성은 모자를 푹 눌러쓰고 손을 앞으로 길게 뻗어 잡았다. 앞뒤로 서서 걷는 자세가 남성이 여성을 끌고 가는 모양새였다.

여성이 알아들을 수 없는 말로 소리를 꽥 질렀다. 그러고는 혼자서 웃었다. 남자는 묵묵히 앞서 걸었다. 비둘기가 그들을 피해 전깃줄로 날아올랐다. 줄 위에 앉아서도 먹을 것에 미련을 버리지 못하고 고개를 갸웃거리며 내려다보고 있었다. 강아지는 비둘기가 머물던 자리를 바라보고 섰다가 할머니에게로 돌아갔다. 시원한 바람이 불어 오동잎이 흔들렸다.

솔잎 단풍

솔잎도 단풍이 든다. 노란 단풍잎이 가지에 주렁주렁 매달려 고르게 띠를 이루면 초록 잎과 극명한 대조를 이룬다. 청아 빛 가을 하늘 아래 그 아름다운 현상이 눈에 들어오면 시선이 자꾸만 소나무로 향한다. 솔잎 단풍은 같은 가지의 초록 잎들 아래에 달려 있다. 그래서 드러나지 않으며 눈에 잘 띄지 않는다.

은행잎이 샛노랗게 단풍들 때 솔잎도 함께 물들어 간다. 자신을 보란 듯이 바람에 팔랑이며 뽐내는 그런 단풍잎이 아니다. 누가 보기라도 할까 싶어 숨어서 물들었다가 조용히 아래로 떨어져 내린다. 솔잎 단풍은 연노랑에서 시작하여 보름쯤 지나면 노란색이 절정에 이르고 다음에는 서서히 갈색으로 변해 간다. 그리고 더욱 짙어져 밤색으로 바뀌면서 땅 위로 떨어진다. 바람이 불면 나무에서 떨어져 흩날리는 수많은 솔잎을 보게 된다. 땅에 내려앉아서는 바람에도 굴러갈 줄 모르고 그 자리를 가만히 지키고 있다. 지나는 길손이 어쩌다 밟아도 요란하게 소리를 내지 않는다.

단풍이 든 솔잎은 나무에 오래 매달려 있지 않고 겨울이 오기 전에 떨어져 내린다. 그러나 더러는 겨울을 지나 이듬해 가을까지도 나무를 벗어나지 못한 채 매달려 있기도 한다. 단풍잎을 계속 달고 있는 것보다 떠나보낼 것은 보내고 청정한 모습으로 서 있는 소나무가 건강해 보인다. 이런 것을 보면 순이 돋고 가지를 뻗어 진초록의 여름을 보낸 뒤 잎을 떨구어 내며 자연의 순리에 순응하는 나무가 아름답다는 것을 느낄 수 있다.

조용한 시골로 일터가 옮겨진 이후 산의 나무를 대하면서 지낼 수 있어 마음에 여유가 생기는 것 같다. 점심식사를 마치고 산책로를 따라 산길을 걷다보면 길 가의 소나무들을 만나게 된다. 더러는 아름드리로 자란 것도 있다. 그런데 일직선으로 곧게 뻗은 것보다 구부러지고 휘어져서 우산처럼 생긴 나무에 더 정감이 간다. 솔잎 단풍도 그런 나무 아래에서 잘 보인다.

가을이 깊어지자 솔잎이 떨어져 휘날리기 시작했다. 바늘처럼 가늘고 뾰족한 것들이 땅 위로 쏟아져 내렸다. 바위와 길 위에도 쌓였다. 길을 뒤덮을 정도로 쫙 깔려 있어 밟지 않고는 지나갈 수가 없다. 신발에 밟혀도 쉽게 부서지지 않고, 비를 맞아도 색이 변하지 않는 솔잎 단풍은 저희들끼리 잘 뭉친다. 그렇게 모여서 해를 넘기지만 나무에서 떨어질 때의 모습을 쉽게 잃지 않는다. 세월이 흘러 거름이 되기까지는 나무 아래에서 가만히 머무는 것이 그들의 습성이다.

나의 고향에서는 소나무에서 떨어져 내린 잎을 깔비라고 불렀다. 갈구리를 지게에 단단히 묶고 땔감을 구하러 산에 오르다 보면 솔밭에 수북이 쌓인 붉은 깔비를 만나는 경우가 있었다. 그러면 얼마나 반가운지 모른다. 그것을 긁어모아 한 짐이 되도록 하기 위해 산비탈을 오르내리다 보면 겨울인 데도 땀이 났다.

그런데 깔비로만 한 짐을 만들기란 쉽지가 않다. 땔감으로는 최고라서 조금만 쌓여 있어도 나무꾼이 긁어모아서 가져가기 때문이다. 운 좋게도 한 짐 지고 갈만큼 쌓여 있는 곳을 발견하게 되면 빈 지게를 세워두고 조심스럽게 갈구리질을 하게 된다. 돌멩이가 섞여서 들어오지 않도록 하고, 썩은 나무뿌리가 있으면 발로 차서 뽑아 함께 섞어 놓아도 땔감으로 좋았다.

그렇게 모은 것을 양팔로 안을 만큼씩 깔비장을 만드는데 여덟 장이면 한 짐이 되었다. 새끼줄 세 가닥을 나란히 펴고 그 위에 기다란 솔가지 몇 개를 가로질러서 깔아 놓은 다음 깔비장을 쌓아올리면 나뭇짐 모양이 갖추어지게 된다. 솔가지를 짐 앞뒤에 듬성듬성 올려서 덮고 새끼줄을 당겨 졸라매면 나뭇짐이 완성되었다.

깔비는 화력이 좋아서 불쏘시개로는 제일이다. 밥을 짓거나 소여물을 끓이기 위해 불을 지필 때 이용하면 편리하다. 한 주먹 아궁이에 넣고 성냥을 주욱 그어서 불을 붙이면 '톡톡'하고 소리를 내면서 잘 탄다. 지푸라기처럼 후루룩 하면서 금세 불타고 마는 것이 아니라 천천히 타면서도 화력이 좋아 쌓아 두고 아끼며 불쏘시개로 사용하게 된다.

소나무는 매년 가지 끝에 새 순을 틔우고 가을에 단풍잎을 떨구어 내는 일을 반복함으로써 생명을 유지한다. 이 질서는 어긋나는 법이 없다. 그런데 그 해와 전 해에 돋아난 솔잎은 단풍이 들지를 않는다. 그 젊은 잎들은 겨울에도 초록을 유지하며 해를 잘 넘긴다. 단풍이 들어 떨어져 내리는 것은 더 오래된 잎들이다. 새 순으로 태어난 지 삼 년 차의 것들이 동생격인 싱싱한 잎들 아래서 은밀히 퇴진 준비를 하는 것이다. 솔잎이 초록에서 연노랑을 거쳐 노랗게 변신하는 그 기간이 소나무가 제일 아름다운 때이다. 소나무의 자기 변화가 절정에 이르면 위에는 초록, 아래는 노란 잎이 고르게 띠를 이룬다. 그 뚜렷한 현상을 볼 수 있는 기간이 짧아 사람들은 무심히 지나친다.

아무리 굵은 솔가지도 끝에 새 순이 돋지 않으면 그 가지는 죽게 된다. 순이 나오지 않는 가지는 생명력을 잃은 것이다. 두 해만 지나면 가지의 잎은 모두 떨어지고 남아 있는 것이 없게 된다. 그렇게 되어 가지가 바싹 마른 것을 고향에서는 삭달가지라고 불렀다. 삭달가지만 꺾어서 나뭇짐을 만들면 그것 또한 훌륭한 땔감이 된다. 그 나뭇짐을 지고 산을 내려갈 때는 무겁지 않아서 힘이 덜 든다. 삭달가지로 불을 때면 화력이 무척 좋아 깔비나 장작불 못지 않다.

일 년 동안 한결같은 초록으로 지내다가 한 순간 노랗게 물든 후 갈색의 낙엽으로 떨어지는 솔잎 단풍을 보면서 푸른 소나무도 가을에 자신의 일부를 떠나 보내기 위한 몸부림을 한다는 생각이 든다. 먼저 태어난 잎을 떠나 보내지 않고는 봄에 새 순을 얻을 수가 없어 변화를 순리로 받아들이는 것이다. 그래서 솔잎 단풍이 떨어지는 현상은 질서 있는 양보 같아 보인다.

큰 뜻을 이룬 사람을 가끔 거목에 비유하기도 한다. 사람이 백 년을 사는 거목과 같은 존재라면 자신의 일부분을 내어주는 양보를 하고 있는 것일까? 자신의 귀한 것을 서슴없이 내어놓음으로써 새롭게 얻는 순환작용을 통해 살아가는 것이 아닐까. 사람에게서 내어주는 것이란 헌신과 배려일 수도 있다. 희생과 봉사로써 자신을 비울 때 기쁨을 얻게 되어 잘 살아가는 것인지도 모른다. 비움으로써 얻는 순환작용으로 정신이 건강해지리라.

입 춘

입춘에 매화꽃 소식이 반갑다. 남녘의 산하에는 봄기운이 시작된 모양이다. 영상으로 편집된 세상 소식은 순식간에 천리를 가고 만리까지 전해진다. 영하의 맹추위 속에서 고향 친구로부터 꽃망울 사진의 봄 선물을 받았다. 앙상한 가지에 볼록이 솟은 매화꽃 봉오리가 추위 속에서 희망처럼 느껴진다.

이른 봄의 새 생명은 사람이 알지 못하는 곳에서부터 태동되는 것일까? 보이지 않는 곳에서 은밀하게 시작되는 것 같다. 만물의 영장이라고 큰 소리 치는 인간이지만 자연의 신비를 알지 못한다. 봄이 어디까지 오고 있는지 알지 못하고, 강변 바위틈의 진달래가 언제 꽃망울을 터뜨릴지 전혀 알아채지 못한다.

이번 겨울은 추위가 어찌나 심한지 입춘에도 영하 13도를 오르내리고 있다. 일주일 전 강추위 때는 영하 20도까지 내려갔었다. 가평은 서울보다 기온이 2~3도 더 내려간다. 그런데 강바람까지 불어오면, 체감온도는 뚝 떨어지게 마련이다. 그래도 가끔씩 창문을 열어 맑은 공기를 마셔야 한다. 춥다고 문을 닫아걸고 온도만 높여서는 좋을 것이 없다. 찬바람에 얼굴을 내밀고 크게 숨을 들이마시는 것이 건강에도 좋다.

창문 너머로 내려다보이는 북한강은 온통 얼음으로 뒤덮여 있다. 물은 얼음 속으로 흘러 보이지 않는다. 그러나 서울의 젖줄인 이 강물은 쉼 없이 잘도 흘러 가고 있는 게 틀림없다. 강물은 빙판 아래서도 살아 있는 생명체로 움직인다. 그 신선한 물을 경기도민과 서울시민이 식수로 이용하며 살아간다. 일천만 시민의 생명줄이나 다름없는 강물이기에 그 소중함은 말할 필요가 없다.

추위가 계속되자 입춘에도 강은 거대한 스케이트장처럼 변했다. 내린 눈이 녹지 않고 얼음 위를 하얗게 뒤덮고 있는데, 또 서해 지방부터 눈이 온다는 뉴스다. 며칠 후면 평창 동계올림픽이 시작되니 눈소식을 반기는 사람이 많다. 하얀 눈이 펑펑 쏟아지기를 바라는 국민의 열망을 하늘이 알아차리기라도 한 것일까. 이번 겨울은 비교적 눈이 자주 내리는 편이다. 눈 덮인 빙판의 강바닥을 보고 있으면 봄은 아득히 멀게 느껴진다. 그러나 계절은 바뀌어 가고 있다. 남녘 고향의 꽃 소식이 솔솔 전해지고 있는 것에서도 알 수 있다.

회사에서 잔무殘務로 혼자 조용한 시간을 보내고 있는데 '입춘대길立春大吉' '건양다경建陽多慶'이라고 써서 정성스레 만든 인사장이 연달아 핸드폰에 날아든다. 한 해의 첫 절기인 입춘을 맞아 큰 복과 함께 양의 기운이 일어나서 경사스런 일이 많기를 기원하는 내용이다. 그 중 마음에 드는 것을 또 누군가에게 나도 보낸다. 정성을 투입하지 않고 손쉽게 전하는 것이라 보내고도 쓸쓸할 것 같아 몇 자의 인사말을 적어서 함께 보낸다.

새해를 맞을 때마다 누구나 금년은 햇볕같이 밝게 웃을 경사의 날이 많기를 바란다. 가정에 웃을 일이 넘치면 더없는 행복이다. 그러나 세파에 쫓겨서 살다보면 웃음을 잃고 지내는 경우가 많다. 그래서 웃는 날을 경사의 날로 삼으면 어떨까 하는 생각이 든다. 작은 기쁨도 경사라고 생각하면 더 많이 웃게 될 것이다. 많이 웃음으로써 경사의 날이 늘어난다면 생활이 좀 더 밝아지고 건강도 좋아지지 않을까.

입춘은 양력 2월 4일이나 5일에 있게 되는데 대한大寒과 우수雨水의 중간이다. 이 절기는 태양의 궤도를 기본으로 하는 것이라 양력 날짜에 연동된다. 그래서 음력인 설보다 먼저 오기도 하고, 설이 지난 뒤에 오는 경우도 있다. 달력을 찾아보니 작년에는 설을 지난 일주일 후에 입춘이 들어 있었다. 그런데 금년은 설날을 열흘 남겨두고 입춘이다.

나는 입춘이라는 말이 참으로 좋다. 단어의 어감도 밝게 느껴진다. 아직은 춥지만 봄 절기에 들어선다니 기쁘지 않을 수 없다. 추위는 물러가고 봄이 얼마 남지 않았다는 희망을 가질 수 있으니 기분이 절로 좋아진다. 몸에 열이 적고 손발이 찬 편이라 나는 겨울에 옷을 여러 겹 껴입고 다닌다. 그러다보면 옷의 무게에 짓눌려서 어깨가 뻐근하고 몸이 찌뿌둥하다. 그래서 집에 들어서면 옷을 벗어 던진다. 그리고 가볍게 몸을 흔들면서 운동을 한다. 어깨와 등의 근육을 풀고 나면 마음까지 한결 개운해진다.

눈 덮인 강바닥에 봄기운이 스미면 얼음이 녹는다. 하지만 꽁꽁 언 얼음판은 한꺼번에 다 녹지 않는다. 물이 세차게 흐르는 부분부터 서서히 녹는데, 그곳이 강 가운데이기도 하고 산 밑의 물살이 센 부분이기도 하다. 넓은 강바닥의 얼음이 녹을 때는 도깨비가 아무렇게나 그림을 그린 듯한 요상한 모양이 된다. 이번 겨울에 강을 가득히 뒤덮었던 얼음이 녹다가 다시 맹추위가 몰려오자 얼어붙고 말았다. 얼음판은 처음보다 거칠고 더 강해졌다.

나는 강가로 내려가 한쪽 발로 얼음을 굴려 보았다. 그런데 꿈쩍도하지 않았다. 청년시절 이곳에서 교우들과 썰매를 끌며 놀던 때가 생각났다. 그 겨울도 무척이나 추웠던지 얼음판 위에 썰매가 있었는데, 친구는 타고 나는 썰매 앞에 달린 줄을 끌어당기면서 강바닥을 미끄러져 다녔었다. 그러나 지금은 그때처럼 젊은 청춘의 시기가 아니다. 혼자 강의 얼음 위를 거닐 만큼 낭만적 기분에 젖어들지 않는다.

강변에는 가지를 제멋대로 뻗은 갯버들이 줄지어 서 있다. 젓가락 굵기만 한 가지들이 밖에서 물속으로 휘어져 들어갔다가 얼음 위로 솟은 것이 보인다. 그 가느다란 가지도 봄 맞을 준비를 하면서 살아 있다. 제아무리 강한 얼음판도 생명이 있는 가지에 해를 입히지 않는 것 같다. 옥죌지언정 생명을 빼앗는 일은 하게 되어 있지 않는 모양이다. 자연의 순리가 그렇다면, 조물주는 무생물보다 생물의 가치를 더 귀하게 여기는 것일지도 모른다.

'입춘'이라는 말이 힘든 겨울을 잘 이겨냈다는 격려의 말처럼 들린다. 영하 십삼도의 날씨에 주변은 아직 얼음으로 가득하지만 내가 감지하지 못하는 곳에서 봄이 오고 있는 것이다. 대자연을 움직이는 질서의 섭리는 어김이 없다. 한겨울의 날씨에 봄을 생각조차 하기가 어려운데, 카톡에 날아드는 축하의 사진들은 봄이 이미 시작되었다는 희망의 선언이다. 추운 겨울을 잘 이겨내면 봄이 온다는 것은 진리이다.

| 제 3 부 |

여행과 시장

"푸근한 정이 깃든
전통시장을
선호하는 사람들이 있어
신영시장은 여전히
사람들로 붐빈다."

어떤 여행

애초부터 운명이란 결정되어진 것이라고 믿는 사람들이 있다. 그렇다면 타고난 팔자란 어찌할 수 없는 걸까. 살다 보면 뜻하지 않은 경험을 하는 수가 있다. 내 의지와는 상관없이 거대한 힘이 나를 끌고 가는 데도 속수무책으로 따라야만 할 때면 황당하기 짝이 없다. 내 존재가 너무 미약하게 느껴져 인간도 별 것 아니라는 생각이 들기도 한다.

캐나다 북부 산간 도시 화이트호스(White horse) 시市에 가게 된 건 참으로 뜻밖의 일이었다. 알래스카 앵커리지를 경유해 북태평양의 코디악 섬으로 가려던 나의 계획은 미국의 9.11사건으로 휙 바뀌어 버렸다. 탑승객의 동의도 구하지 않은 채 기장機長의 일방적인 통보 방송으로 비행기의 착륙지가 전격적으로 변경되었다.

2001년 9월 11일 저녁 인천공항을 출발한 대한항공 KE085편은 알래스카를 향해 가고 있었다. 여객기는 앵커리지를 경유해 뉴욕까지 가는 비행기였다. 약 8시간의 비행이 계속되었을 때 흰눈으로 뒤

덮인 알래스카의 산들이 내려다보였다. 그곳은 9월 11일 오전이었다. 그리고 드디어 비행기가 앵커리지 공항에 착륙하게 된다는 기장의 안내방송이 있었다.

탑승객들은 비행기가 착륙하게 되면 더 이상 알래스카의 아름다운 설경을 감상할 수 없을 것이므로 고개를 창문 쪽으로 향하고 있었다. 중앙 통로 근처에 앉은 사람들은 자리에서 일어나 뒤쪽 창가로 가서 밖으로 펼쳐지는 눈 덮인 산의 비경秘境을 구경하기도 했다. 날씨가 맑아 산과 호수들이 생생하게 잘 보였다. 알래스카에 호수가 많다는 것을 직접 눈으로 확인할 수 있는 기회가 되었다. 비행기는 승객들에게 산하를 구경이라도 시켜 주려는 듯 산 위를 계속 날았다.

착륙할 것이라던 비행기가 너무 오래 산 위를 배회하였기에 승객들은 의아해 하였다. 어찌된 영문인가 하고 궁금해 하던 참이었다. 그때 갑자기 기장의 목소리가 스피커를 통해 흘러나왔다.

"현재 미국 항공관제국에 의해 미국령 내에 모든 항공기 이착륙이 금지되어 저희 항공기는 캐나다 화이트호스 공항으로 가겠습니다. 화이트호스 공항까지는 약 1시간가량 소요될 예정이며 자세한 임포메이션은 착륙 후 알려드리겠습니다. 죄송합니다!"

기장의 차분한 목소리였지만 팽팽한 긴장감이 배어 있었다. 순간 승객들은 느닷없는 말에 충격을 받았고 무슨 일인가 하여 웅성거리기 시작했다. 승무원은 승객들을 안심시키기 위해 분주히 여객기 통로를 오갔다.

"이상한 일이군요! 전쟁 같은 상황이 아니고서는 이런 일이 있을 수 없을 텐데, 뉴스 안 나옵니까?"

"뉴스는 지금 전 세계에 방영되고 있어요. 그런데 저희는, 지금 미국 내로 들어가게 되면 문제가 발생하기 때문에 캐나다로 가는 거예요. 약간 상황은 좋지 않은가 봐요. 지금 저희가 많이 왔거든요. 앵커리지에서 화이트 호스공항까지는 약 한 시간 30분 정도 걸리는 것 같아요. 서울에서 일본 도쿄까지의 거리라 생각하시면 돼요."

기장의 기내 방송이 있은 뒤 승객과 승무원 사이에 질문과 대답이 오갔다. 어떤 문제로 이런 상황이 벌어졌는가 하는 것에 대하여는 연락을 받는 대로 기장이 알려줄 것이며 1시간 후에는 캐나다의 한 공항에 내리게 되는데 착륙에는 전혀 문제가 없다는 승무원의 설명이었다. 그리고 잠시 뒤 기장의 두 번째 기내 방송이 있었고 1시간 정도 걸릴 것이라던 것에서 15분 후 화이트호스 공항에 도착하게 된다는 내용으로 바뀐 것 외에는 별 다른 점이 없었다.

미국이 다른 나라와 전쟁을 치르는 상황이 아니고서는 이와 같은 일이 일어날 수 없을 거라며 한 승객은 미국 본토가 위협을 받고 있는 것 아니냐고 말했다. 참으로 끔찍하고 무서운 가정假定이었다.

많은 추측 속에 화이트호스로 향하는 한 시간의 비행은 길게 느껴졌다. 드디어 작은 산골 도시 화이트호스 공항에 비행기가 무사히 착륙했고 승객들은 일단 안도의 한숨을 쉬었다. 공항에 도착하고도 기내에서 얼마간의 시간을 기다려야 했는데, 미국에서 무슨 일이 일어나고 있는지에 대하여는 알 수가 없었다. 승객들이 인내심을 갖고 잘 기다려 주는데 비해 기장과 승무원 쪽에서는 친절한 안내 정보를 제공하지 못했다.

그렇게 답답한 시간을 보내던 중에 비행기에 다시 탑승하게 될 것이므로 짐은 놔 둔 채 내리라는 기내 방송이 있었다. 승객들은 내렸다가 곧 탑승하게 될 것으로 생각하고 가벼운 차림으로 공항청사 앞까지 버스로 이동하였다. 마당에는 완전무장을 한 경찰대원이 줄지어 서서 승객들을 맞았다. 입국 수속을 위해 건물 2층 계단을 오르는데 공항 주변 나무의 붉고 노란 단풍과 먼 산의 흰 눈이 너무도 아름다워 인상적이었다.

국제선 항공기가 다니지 않는 산골 도시에 갑자기 1백여 명이 넘는 외국인이 몰려온 탓일까? 입국 허가를 받고 세관을 통과하는 데 긴 시간이 걸렸다. 그리고 해가 서산으로 넘어갈 즈음에야 승객들은 몇 대의 버스에 분승해 시내의 문화센터로 이동을 하였다. 그 곳에서 TV를 통해 처음으로 사건 장면을 접하게 되었다. 맨해튼의 자존심 세계무역센터 쌍둥이 빌딩이 무너지는 모습이었다. 우리는 숨을 죽인 채 그 장면을 보고 있었다. 뉴스는 비행기가 빌딩을 들이받아 건물이 무너지는 영상을 몇 번씩 반복해 보여 주었다.

2000년도를 맞이할 무렵 새 천년이 되면 전쟁과 갈등의 시대는 지나 가고 평화와 화합의 시대가 될 것이라고 많은 사람들이 장미빛 희망의 꿈에 부풀어 있었다. 20세기에서 21세기로 바뀌는 그 시간 나는 업무 차 뉴욕에 있었는데, 맨해튼은 온통 들뜬 분위기였고 도로에는 차량을 통제하고 축제를 펼쳤다. 각 나라에서 새 천년을 맞으며 벌이는 축제 모습이 대형 화면에 소개되고 드디어 카운트다운이 시작돼 뉴욕에서도 소망의 새 천년이 활짝 열렸었다.

　새천년 5일째 되던 날 뉴욕을 잘 아는 한국에서 온 은사 한 분이 세계무역센터 앞까지 승용차로 데려다 주며 110층 전망대 관광을 하고 오라고 했다. 나는 혼자서 전망대 관광에 나섰고 다른 관광객들과 함께 초고속 엘리베이터를 타고 위로 올라갔다. 전망대에서는 맨해튼은 말할 것 없고 허드슨 강 건너까지 한 눈에 들어왔다. 뉴욕의 명물 102층의 엠파이어스테이트 빌딩과 그에 버금가는 높이에 아름답기로 유명한 크라이슬러 빌딩이 저만치 내려다 보였는데, 미국의 어마어마한 힘이 느껴지는 듯했다. 이곳저곳을 향해 사진을 찍다가 나는 한국의 집으로 전화를 걸어 미국이 어떤 모습의 나라인가 하는 것을 알기라도 한 것처럼 아내에게 소감을 전했었다.

　그 뒤 1년 8개월이 지난 시점에서 미국의 자존심, 내가 관광 차 올랐던 월드트래드센터 빌딩이 무너진 것이다. 참으로 당혹스럽고 믿을 수 없는 사건으로 나의 알래스카 코디악 출장여행은 수정이 불가피하게 되었던 것이다. (월간문학, 2016년 9월호)

부산역 광장

광장廣場의 분수대 물줄기가 공중으로 솟구쳤다가 쏟아져 내리고 있었다. 시원한 물소리가 바람에 흩날리는 물안개와 함께 광장으로 퍼져나갔다. 분수대를 배경으로 사진을 찍는 젊은 연인의 깜찍한 모습, 그 옆에 흰색과 분홍색의 무궁화꽃이 햇살에 화사했다. 유월의 주말 오후 동창회 모임을 앞두고 역사驛舍를 빠져나와 부산역 광장 나무 그늘에 앉았다.

신식 건물의 역사驛舍와 말끔히 단장된 광장을 보고 있자니 가슴 속 깊이 간직되어 오던 추억이 솔솔 피어났다. 부산역 광장에 대한 나의 애잔함은 오래 전으로 거슬러 올라간다. 신학생이던 시절, 방학을 이용해 학우들과 전국 큰 도시를 다니며 펀드레이징을 한 적이 있었다. 학비를 마련하기 위해 상품을 파는 아르바이트였다.

아침에 일어나 예쁜 포장지에 깨끗을 곱게 싸서 그것들을 가방에 넣어 상가商街를 다니며 판매하는 일이었다. 학교의 어떤 스승은 목회를 하려면 많은 사람과 만나 심정을 나누는 이야기를 할 수 있어야 한다며 우리의 펀드레이징을 권장하기도 했었다.

우리가 판매하던 깨엿은 서울 용산역 근처의 한 공장에서 만들어졌는데 지방에서 주문을 하면 기차가 닿는 역驛으로 화물을 보내주었다. 그래서 우리는 기차역에서 멀지 않은 곳에 숙소를 잡았는데 부산에선 역 건너편 비탈진 언덕에 있던 집이었다. 오전에 상품 포장이 끝나면 학우들과 가방을 메고 역 광장으로 내려가 각자 하루 동안 거닐며 다녀올 방향을 정했었다.

동래東萊 방향으로 가서 펀드레이징을 하던 날이다. 해가 저물어가는데도 가방에는 깨엿이 많이 남아 있었다. 그래서 상점이 문을 닫기 전에 한 집이라도 더 방문하기 위해 서두르고 있었다. 그러다가 마당이 딸린 큰 건물의 출입문 앞에 서게 되었다. 안쪽 희미한 불빛 아래 편하게 앉아 있는 나이든 경비원이 보였다. 노크를 하려다가 시간만 낭비할 것 같아 돌아서서 나왔다. 그리고 옆 상점으로 들어갔다. 그 상점에서 나오는데 어떤 아저씨가 붙드는 것이었다. 내가 지나쳐 온 건물의 경비원 아저씨였다.

문 앞까지 왔다가 아무런 말도 없이 되돌아서서 나가는 것을 보고 이상한 사람이라 생각한 모양이었다. 아저씨는 자기가 근무하는 경비실로 함께 가자고 했다. 시간이 아까운데 아저씨가 그러니 답답했다. 경비원의 자세가 강경해서 그를 따라가게 되었다.

앞서서 상황을 설명하고 있는데 경찰이 들어왔다. 학생증을 보여달라며 조사하듯 물었다. 자초지종을 설명하며 남은 깨엿과 판매하고 받은 지폐를 보여 주었다. 그제야 오해가 풀린 모양이었다. 나는 미안하다는 경비원에게 깨엿을 건네주고서 건물을 나왔다.

펀드레이징을 하면서 많은 사람을 만났다. 상점 문을 들어서면 무슨 일로 왔는지 벌써 알아차리고서 손을 내젓는 경우가 허다했다. 그런 때는 말 한 마디 못 붙이고 돌아서야 했다. 잠깐의 대화가 이루어진다고 해도 상품을 팔 수 있는 것은 아니었다. 그런 중에 종교적 신념이 강한 사람, 자신의 수입에 만족하지 못하며 살아가는 사람, 돈을 중요하게 여기는 사람, 사회에 불만이 가득한 사람 등 여러 유형을 만났다.

해가 저물어 다리가 아프고 피곤해도 계획한 금액만큼의 실적이 없을 때는 쉴 수가 없었다. 여러 가게를 방문해야 겨우 1천 원짜리 깨엿 한 봉지를 판매할 수 있던 그 시절, 사람 친절하게 대하는 것이 얼마나 소중한 일인가를 깨달았다. 인간적이면서 친절한 사람을 만나면 세상이 따듯하게 느껴졌다. 그 소중한 경험을 하면서도 내가 하는 일에 대한 큰 자부심을 갖지는 못했다. 고향이 부산 쪽이던 나로서는 다른 지역보다 부산에서의 아르바이트 시간이 가장 괴로웠는데 아는 친구를 만날까 싶어서였다.

동료들과 가방을 메고 광장으로 내려와 각자 하루 동안 다녀올 방향을 정하고 헤어졌다가 저녁에 다시 모이던 곳, 부산역 광장은 인생 현장체험을 위해 출발하고 모이던 추억의 장소였다. 그 후로 서울에 살면서 부산에 몇 번 가기는 했었지만, 그때마다 동행인이 있거나 승용차를 이용했으므로 역전에 앉아 옛일을 회상해 보는 시간을 갖지 못했다.

예전과는 크게 새로워진 광장에는 나무를 중심으로 동그랗게 쉴 수 있는 의자를 만들어 놓았다. 나무들마다 넓게 그늘을 드리우자 사람들이 그 아래 앉아서 쉬고 있었다. 한 곳에서는 동료인 듯한 사람들이 자리를 잡고 술판을 벌였다. 오후 5시가 가까워오자 햇살은 슬슬 힘을 잃어 가고, 그 틈을 타고 바닷바람이 불어왔다. 나뭇잎이 팔랑거리며 흔들렸다. 자리에서 일어서려고 하는데 누군가 다가왔다.

"커피 한 잔 하이소."

광장을 돌며 커피를 파는 아주머니였다. 앞 산 초록이 인상적이어서 산 이름을 물었더니 구봉산이라 알려 준 뒤 "서울 양반, 부산 커피 한번 드셔 보이소." 하고 재차 권했다. 눈치 빠르고 넉살 좋은 경상도 아줌마의 웃음을 보면서 지폐를 건네고 커피 잔을 받아 들었다.

"부산 커피 맛있습니데!"

그 한마디를 남기고는 훌쩍 떠났다. 분수대의 물줄기는 약해졌다 세어지곤 하였다. 시간에 따라 물줄기를 조절해 놓은 모양이다. 소나기 소리처럼 요란하던 것이 잦아지니 사람의 목소리가 또렷하게 들렸다. 커피 잔을 들고 광장을 나서는데, '부산 커피 맛있습니데' 하던 목소리가 귓가에 맴돌았다. (2007년)

분 재

고향집에 갔다가 뒤란 대밭 아래 작은 소나무가 자라고 있는 것을 보았다. 그곳은 나무가 자라서는 안 될 뒷마당의 비스듬한 벽이었다. 그래서 분재처럼 키워 보자 하고 뿌리의 흙과 함께 종이에 감싸서 가지고 왔다. 두 뼘 정도 키의 어린 나무라 정성들여 가꾸면 보기 좋게 자랄 것 같았다. 분재에 대한 상식이 있는 건 아니었고 나무를 키워 본 일도 없지만 가까이에 두고 돌보는 재미를 삼고 싶었다.

언젠가 제주도 분재예술원에 갔었는데 "분재는 자연과 사람이 함께 한 문화"라는 말을 들은 적이 있다. 자연 상태의 나무에 사람의 정성과 기술이 합쳐져 기존의 자연보다 더 아름답게 만든 것이 분재라고 했다. 산에 가도 분재로 가꾼 나무와 같은 것을 볼 수 없는 것은 분재가 사람이 가꾸어서 만든 문화이기 때문이라는 것이다. 나무를 정성으로 관리해 기르면 문화가 된다는 말에 새로움을 느꼈다.

시골에서 농사일을 도우며 자랐기에 소나무를 가지고 오면서도 흙에 심어 키우는 일은 어려울 것 같지 않았다. 집에 화분이 있어 거기에 심으면 될 듯싶었다. 서울 집에 도착해 보관해 오던 화분을 살펴보니 검붉은 흙에 거름이 잘 섞여 있었다. 마음이 놓여 그곳에 정성스럽게 나무를 심었다. 화분으로 자리를 옮긴 뒤에도 어린 소나무는 잎이 싱싱했다. 다행이라 생각하며 쑥쑥 자라지는 않더라도 뿌리가 제대로 내리기를 바랐다.

소나무는 원래 더디게 크는 수종이다. 시간이 지나도 그다지 변화가 없는 것이 특징이다. 몇 주가 지나자 솔잎의 윤기가 덜하다는 생각이 들었다. 그래도 간혹 물만 뿌려 주었을 뿐 무심히 지냈다. 화분으로 자리를 옮긴 것이 나무에게 좋을 리 없을 거라는 생각을 하면서 몸살을 앓고 나면 자리를 잡게 될 것이라고 믿었다. 그러고도 한 달이 지났다.

어느 날 나뭇잎을 만지는데 잎이 바닥으로 쏟아져 내렸다. 깜짝 놀라 가지를 살펴보았더니 이미 말라 있었다. 솔잎이 푸른색을 유지한 채 말라죽은 것이다. 중학시절 방학이면 산에 가서 땔감을 준비해 왔었다. 소나무 아래 수북이 쌓인 붉은 잎을 긁어모아 집으로 오곤 했다. 솔잎은 화력이 좋아 땔감으로는 최고였다. 그 후로 나는 솔잎이 마르면 붉은 색으로 변하는 줄로만 알았다. 그래서 화분의 소나무가 푸른빛이 덜 하여도 죽어 가고 있다는 것을 알지 못했다.

기존의 자연보다 아름다울 수 있게 만드는 데는 분재의 지식과 식물에 대한 관심이 있어야 한다는 것을 절감했다. 낯선 땅으로 옮겨져 새 뿌리를 내리기까지 나무가 겪어야 할 고통을 깊이 생각하지 못했다. 목숨을 건 사투를 벌이고 있는 것을 알았다면 식물영양제라도 화분에 꽂아 소나무가 살아날 수 있는 조건을 만들었을 것이다.

그런데 흙에만 심어 두면 자랄 수 있을 거라고 믿은 무지로 인해 아무런 대처를 하지 못한 것이다. 식물에 대한 지식도 없이 잘 자라고 있는 어린 나무를 뽑아 온 행동이 부끄럽게 느껴졌다.

분재예술원에서 분재를 소개하면서 "자연에 사람의 정성이 더하면 아름다운 문화가 된다."는 말은 신선했다. 사람이 자연을 파괴만 하는 존재가 아니라 아름다운 문화 창조자가 될 수 있다니 다행이란 생각이 들었다. 사람이 살아가면서 만드는 행위는 모두 문화에 속한다. 농사일을 하면서 집을 짓고 도로를 만들고 공원에 나무를 심는 일도 그렇다.

그런데 그 모든 것은 사람 중심의 문화이다. 친환경 위주로 꾸민다는 말을 하고는 있지만 결국 사람 편의 위주다. 자연을 의미 있게 활용해 아름다운 문화로 승화시킬 때 자연이 파괴되지 않는 방법이 고려되어야 할 것이다. 자연이 크게 파괴되고 나면 그곳에서는 사람도 살아남기 어렵다. 사람이 사라져도 자연에겐 아무런 문제가 없지만 자연이 파괴된 환경에서 사람은 견디기가 쉽지 않다.

제주도 그 분재예술원에서는 분재의 4계절 관상 포인트가 있는데 봄에는 꽃, 여름에는 푸른 잎, 가을에는 열매와 단풍, 겨울에는 나목이라는 말을 했었다. 잎이 나서 질 때까지 유심히 관찰하다 보면 그 느낌이 계절마다 다르다는 것이다. 손님들 중에 잎이 다 떨어진 나무 앞에서 '볼 게 없다'는 말을 하는데 오히려 분재의 진면목은 잎이 떨어진 나목에서 그 맛을 느낄 수 있다고 한다. 사람이나 식물이 치장을 하지 않았을 때 참모습을 볼 수 있는 이치라는 생각이 들었다.

행복을 바라며 사는 것이 인간이다. 행복은 인연된 것과의 아름다운 관계가 이어질 때 오는 것이다. 인연을 아름답게 이끄는 것은 자기 자신의 몫이다. 거기에는 상대를 바라보는 깊은 관심이 동반되어야 한다. 관심뿐만이 아니라 상대가 좋아하고 싫어하는 것까지 이해하고 있다면 관계는 더욱 오래 지속될 수 있을 것이다. 자연에 사람의 정성이 더해져서 만들어지는 분재문화를 사람의 처지에서만 생각하다 보면 나무는 괴로울 수 있다. 사람이건 식물이건 상대를 배려하는 자세로 다가갈 때 서로 아름다운 관계가 지속될 수 있다.

나무도 좋고 사람도 행복할 수 있는 문화를 위해 분재에 대한 지식을 가져야 한다는 것을 알게 되었다. 어린 나무를 옮겨 와 죽게 만든 뒤 행복이란 이상理想만으로 찾아오는 것이 아니라는 것을 새삼 깨닫게 되었다.

신영시장

공중으로 솟아오른 네 개의 윷가락이 작은 멍석 위로 떨어질 때 둘러앉은 사람들의 얼굴엔 희비가 엇갈렸다. 윷가락은 엎어져서 좋은 경우가 있고, 드러누워서 신나는 때가 있다. 눕거나 엎어지는 것은 누구도 알 수 없다. 바쁘게 달아나는 수가 나오고, 잡고서 한 번 더 하는 수가 생긴다. 던져서 나올 수 있는 것은 다섯 중의 하나, 그러나 기대와는 전혀 다르게 나오기 때문에 재미있는 게임이 된다. 게임에는 긴장감이 있어야 흥미가 난다. 그래서 판돈을 거는 것이다.

정월 대보름이 지나자 추웠던 날씨가 풀리는 듯하였다. 부천과 인접한 신월동 신영시장 입구 복개천 한쪽에 장작불을 피워 놓고 윷놀이가 시작됐다. 윷판이 벌어지자 바쁠 것 없는 사람들이 둥근 드럼통에서 훨훨 타오르는 모닥불 주변으로 구경삼아 모여들었다. 길을 분위기 있게 단장하느라 도로 가운데 화단을 만들어 꽃나무를 심어 놓았다. 화단이 없을 때는 주차장과 같던 도로가 새로워지기는 하였지만 여전히 차와 사람들로 붐볐다.

아이엠에프(IMF) 때처럼 경제가 어려워져 설 명절 특수를 누리지 못했다는 시장 상인들의 말 속에는 안타까움이 배어 있었다. 하지만 날씨가 푸근해지자 사람들의 마음에도 여유가 생긴 것 같다. 감내해야 할 어려운 시기를 맞아 담담해진 모습들이다.

윷판에서 들려오는 왁자지껄한 웃음소리가 시장골목을 타고 공중으로 울려 퍼졌다. 장작불을 등지고 서서 윷판을 구경하는 사람들은 윷말이 내달리거나 기어가거나 별 관심이 없다. 윷을 던지는 사람의 표정은 심각한데 구경꾼들은 봄꽃을 품은 목련 꽃망울처럼 웃음을 띠고 있었다.

서울의 전통시장 중에 손가락에 꼽힐 정도로 큰 편이라 새로운 정부가 들어선 뒤 국무총리가 방문을 하였고, 폭우로 복개천 물이 역류해 상점이 온통 물바다가 되었을 때는 대통령이 직접 찾아오기도 했었다. 서민들이 밀집해 있는 지역에 관심을 갖고 민심을 살피려 찾아온 모양이었다. 상인회에서는 국정 수반자들이 찾아온 것이 무슨 자랑이라도 되는 듯 시장 입구에 현수막을 걸어 두기도 했다. 점점 위축되어 가는 전통시장을 활성화시켜 보려고 한 일이었을 것이다.

겨울에는 따뜻하고 여름에는 시원하게 쇼핑을 할 수 있는 대형마트와 전문매장이 자꾸만 늘어나고 있다. 편리한 쇼핑을 선호하는 젊은이들의 발길이 그곳으로 향하자 전통시장도 고객을 놓치지 않으려고 환경 정비를 서둘렀다. 비가 와도 걱정 없이 시장을 볼 수 있도록 둥근 지붕을 만들고 들쑥날쑥하던 간판도 반듯하게 정비를 하였다.

그 결과 시장은 예전과 비교가 안 될 정도로 깨끗해졌다. 이런 변화는 전통시장을 자주 찾는 이에겐 반가운 일이다.

전통시장에서는 여러 가지 소리를 들을 수 있어 사람 사는 맛이 난다. 물건을 흥정하며 주고받는 대화도 재미있다. 빠지지 않고 들려오는 뽕짝 노래소리는 서민들의 삶을 그대로 표현하는 것 같아 애달프기만 하다. 그런데 신영시장에서는 한 가지 더 굉장한 소리를 들을 수 있다. 그것은 비행기 지나가는 소리이다.

시장 위로 나지막하게 비행기가 지나가며 굉음을 내면 창문이 흔들릴 것만 같다. 그 소리는 비행장 인근에 사는 사람들이 감내해야 하는 짐 같은 것이다. 장꾼들은 원 없이 듣는 비행기 소리로 인해 웬만한 소리에 놀라지 않는 배짱이 생겼다. 윷가락을 던져 놓고 내지르는 웃음소리가 비행기 소리에 간간히 묻히곤 하였다.

윷놀이에는 규정이 있게 마련이다. 앉은 사람 머리보다 높게 던져야 하고, 윷가락이 펼쳐 놓은 멍석 밖으로 나가면 낙이 된다고 하는 것이다. 가락이 옆으로 세워지면 누운 것으로 간주하고, 윷말 모두를 업고서 함께 달리는 말은 잡을 수 없다는 규정도 적용하면 재미있다. 하지만 이 모든 것은 서로 의논해서 정하기 나름이다.

윷놀이는 한국 세시풍습의 하나로 집 안팎에서 즐길 수 있는 놀이문화다. 여러 사람이 편을 나누어 응원을 하면 재미도 배가 된다. 윷놀이만큼 자기편을 쉽게 단결시키는 놀이도 드물다. 한국인은 흥이 많은 민족이라는 말이 있는데 윷놀이에서 그것이 잘 드러난다. 앞서가던 상대편 말을 잡고 승부를 역전시키는 순간에는 누가 먼저랄 것 없이 같은 편끼리 환호성을 울리며 어깨동무를 하고 겅중거린다. 평소 서먹하게 지내던 사람과도 이럴 때는 손을 잡으며 즐거움을 같이 나눈다.

말 한 마디에 천 냥 빚을 갚는다는 속담이 있는데, 감정의 응어리도 기분에 따라 한 순간에 풀려 나가는 수가 있다. 우리네 삶도 자존심 한 번 죽이고 서로 양보하며 다가서면 한층 원만한 관계가 되지 않을까.

여기저기에 대형매장이 우후죽순처럼 들어설 때는 전통시장의 역할이 끝나는 것 아니냐며 우려 섞인 말들도 있었다. 하지만 푸근한 정이 깃든 전통시장을 선호는 사람들이 있어 신영시장은 여전히 사람들로 붐빈다. 추운 겨울을 견디어내고 밝게 솟은 보름달을 만났으니 경제도 술술 풀렸으면 좋겠다. 전통시장을 찾는 사람들의 발걸음이 가벼워지도록 그런 날이 어서 왔으면 하는 바람이다. (2010년)

안개길

인생길이 늘 반듯해 앞이 훤히 잘 열리기만 한다면 얼마나 좋을까. 수많은 날을 살아오고도 내일을 예측할 수 없는 것이 사람 사는 일이라고들 말한다. 인생길에는 맑은 날도 있지만 흐린 날과 안개가 끼듯 앞이 캄캄해 보이는 날도 있다.

한때, 일을 위해 새벽이면 청평으로 향하는 것이 일상이던 때가 있었다. 아침 다섯 시에 시작되는 훈독회에 참석하기 위해서였다. 훈독회는 교회의 새벽기도회와 비슷한 것인데 책 읽는 것을 들으며 내용을 깊이 상고하고, 세상을 어떻게 살아가면 좋은가에 대한 말씀을 듣는 시간이었다.

새벽 세 시에 서울 집을 출발해서 가양대교를 건너 강변북로에서 내부순환도로로 접어든 다음 정릉터널을 지나 구리로 빠져나갔다. 그리고 외곽도로를 이용해 평내, 대성리, 청평대교, 청평호반을 끼고 설악면으로 운전해서 가게 되었다. 서울 춘천 간 고속도로가 나기 전이라 그 길이 제일 빨랐다.

새벽에 운전을 하면 교통체증이 없어 시간을 잘 지킬 수 있다. 집에서 출발하는 시간이 거의 일정하므로 목적지에 도착하는 시간도 늘 비슷했다. 새벽에 일을 삼고 그곳까지 다니게 된 것은 회사의 사보史報 편집자료를 수집하고 실록기록을 위해서였다.

이른 아침 운전을 하면서 창문을 열면 공기가 시원했다. 그러나 한 시간 반을 달리는 동안 졸음과 씨름을 하는 경우도 적지 않았다. 그런 중에 무엇보다 괴로운 것은 짙은 안개를 만날 때였다. 청평호수 주변을 달리는 동안 안개를 자주 만나게 되었다. 강변의 안개를 낭만적으로 생각하며 다닐 수 있는 훤한 시간대라면 좋겠지만 내가 차를 모는 새벽 시간에는 어둠이 짙게 깔려 있기 마련이었다. 그래서 안개가 상습적으로 끼는 도로에서는 미리부터 조심하며 지나가야 했다.

그런데 예상치 못한 곳에서 느닷없이 심한 안개를 만나면 당황하게 되었다. 터널 입구 쪽은 맑았는데 출구 쪽에서 갑자기 짙은 안개가 길을 막아서는 경우였다. 터널 안의 밝은 불빛 아래서 달리다가 갑자기 안개로 가득한 어두운 길을 달려야 할 때면 긴장할 수밖에 없다. 그럴 경우는 속력을 줄이고 재빠르게 비상등과 안개등을 켜야 한다. 속도 줄이기를 게을리 했다가는 아찔한 순간을 만나게 된다. 짙은 안개길이 어두운 밤길보다 더 무서운 것은 불을 켜도 짧은 거리밖에 보이지 않기 때문이다.

도로 위의 안개는 갑자기 나타나는 것이 아니다. 자리를 잡고 있는 안개 속으로 자동차가 달려 들어가는 것인데 안개가 길을 가로막는다며 탓을 돌린다. 바쁘게 달리는 일에 익숙해진 사람들이 천천히 움직이는 안개를 향해 불만을 나타내는 것이다.

국어사전에 안개는 '수증기가 찬 기운과 마주치면서 작은 물방울을 만들어 그 떠다니는 것이 연기처럼 보이는 현상'이라고 되어 있다. 길을 가다 보면 연기처럼 보이는 안개를 직선 도로에서도 만나고 굽은 길에서도 만나게 된다. 그것은 마치 인생길을 가면서 사람이 겪게되는 크고 작은 시련과 비슷한 것이라는 생각이 든다. 사람도 가는 길이 흐릿해 사방을 분간하기 어려울 때는 속력을 줄이는 것이 현명하다. 속력을 늦춘 뒤에 자신의 자리와 상대의 위치를 보면서 천천히 가야 한다.

새벽 장거리 운전을 자주 하던 2006년 가을 서해대교에서 안개로 29중 연쇄 추돌사고가 발생해 11명이 사망하고 50여 명이 부상을 당했다며 방송에서 안개길 운전 주의를 당부하기도 했었다.

새벽길 운전에서 제일 조심해야 할 곳은 안개가 심한 꼬불꼬불한 내리막길이었다. 그런 곳에서 과속은 절대 금물이다. 내가 목적지까지 가는 동안 제일 조심하는 곳도 청평호반을 벗어나는 지점의 솔고개 길이었다. 그곳에는 오르막과 내리막길에 언제나 안개가 가득했다. 그쪽 도로사정을 잘 모르던 때인데, 내리막길에 난간을 들이박고 멈추어 서 있는 앞차를 안개 때문에 보지 못했다. 몇 미터 앞에서야 발견하고는 급브레이크와 함께 핸들을 꺾었는데, 노면이 얼어 있어 차가 빙글 돌았다. 그리고 뒤따라오던 차의 앞을 가로막은 채 중앙선을 넘고 말았다. 다행히 반대편에 달려오는 차가 없어 큰 사고는 피할 수 있었지만 내 차의 옆 문짝과 뒤차의 앞 범퍼를 갈아야 할 정도로 아찔한 순간이었다. 운전 중에 딱 한 번 사고를 당한 곳이 그 솔고개였던 것이다.

사람이 살다 보면 안개길과 같은 예상하기 어려운 힘든 날이 있기 마련이다. 힘들고 괴로운 날 없이 살아가는 사람이 얼마나 되겠는가. 맑은 날 신바람이 나서 노래하며 가는 길처럼 좋은 일이 계속되기를 바라지만 그렇게 되지 않는 것이 인생길이다. 시간이 지나면 짙게 깔렸던 안개도 서서히 걷히고 밝은 길이 보이듯이 인생길도 고진감래라는 생각이 든다.

어둠 속에서 길을 가로막는 안개는 무섭지만 햇살이 쏟아질 때 호수 위로 피어오르는 안개는 낭만적이다. 훈독회가 끝난 뒤 산 중턱에서 바라보면 아래로 펼쳐진 운무雲霧가 구름같이 아름다웠다. 그 위로 솟은 산봉우리들이 신비스럽게 보였다.

산 속의 운무는 안개로 형성되는 경우가 대부분이다. 그러니 안개의 존재를 너무 귀찮게만 볼 일은 아닌 것 같다. 새벽길의 안개는 과속하지 말고 속도를 줄여서 안전하게 인생길을 운전해 가라는 교훈 같은 것인지도 모를 일이다.

이 사

　사람들은 '푸른 초원 위에 그림 같은 집을 짓고' 살아가기를 꿈꾼다. 그러나 그 꿈을 이루고 살기란 쉽지 않다. 현대인들은 여러 형태의 주택에서 살고 있다. 아파트로부터 다가구주택, 단독주택, 원룸 등 다양하다. 하지만 작은 집 하나 갖추고 살기도 어려운 것이 현실인데 앞의 대중가요 가사처럼 그림 같은 집에서 산다는 것은 꿈같은 이야기다.

　폭염과 함께 열대야가 이어지던 8월 초순에 이사를 했다. 가족과 떨어져 혼자 살아야 하는 단출한 생활을 위한 이사였다. 회사가 지방으로 이전을 하는 바람에 어쩔 수 없이 되어진 일이었다. 면 소재지를 벗어나 산 고개 너머 외곽에 자리를 잡은 회사 건물은 아담했다. 그런데 내부 시설이 늦어져 에어컨 가동이 안 되었다. 그래서 며칠간 더위 속에서 구슬 같은 땀방울을 흘리며 일해야 하였다. 찜통 같은 실내에서 물품을 정리하다 보면 순식간에 옷이 흠뻑 젖었다.

　그렇지만 저만치 산 아래로 푸른 강물이 흐르고 있어 산수가 수

려하고, 주변이 온통 산이라 공기가 맑았다. 서울역 인근의 복잡한 도로와 건물들을 바라보며 회사생활을 하다가 산의 푸른 초목을 보면서 일을 할 수 있게 되어 마음이 정화되는 듯했다.

숙박을 위한 집은 회사에서 가까운 거리의 원룸이었다. 방의 창문을 열면 눈앞에는 나무가 무성한 산이었다. 키가 큰 전나무며 소나무, 떡갈나무, 밤송이를 주렁주렁 달고 있는 밤나무까지 버티고 서 있었다. 이랑에 잡초를 말끔히 맨 텃밭에는 배추며 고추, 도라지가 자라고 있었다. 그것들을 바라보는 것만으로도 얼마나 마음이 편안한지 시간이 날 때면 길가에서 남의 집 밭작물을 살펴보곤 했다.

창밖의 큰 단풍나무에는 참새가 떼를 지어 날아다녔다. 나무에 먹잇감이라도 있는지 직박구리 녀석들은 시도 때도 없이 찾아왔다. 그 덕에 아침과 저녁에 들려오는 새소리가 정겨웠다. 깊은 밤중에도 산에서 새소리가 또렷하게 들려왔다. 초원 위의 그림 같은 집은 아니지만 자연을 벗 삼아 생활할 수 있게 되어 다행이었다.

열대야가 보름 가까이 이어지고 있어서 회사에서는 더위 때문에 창문을 열기가 겁이 났지만 집으로 돌아오면 문을 열어젖혔다. 산자락에 세워진 집이라 더운 날에도 선풍기 하나면 땀을 식힐 만했다.

이사를 하면서 옷가지는 챙겼지만 살림도구를 준비하지 못 했다. 혼자의 생활에 필요한 것이 많지 않으리라 여기고 구해서 쓰면 된다고 생각했다. 그런데 막상 지내려니 먹고 자고 씻는 일에 필요한 것들이 많았다. 그래서 면소재지의 생활용품 마트로 가서 이것저것을 챙겼다.

밥은 하루에 아침 한 끼만 간단히 준비해서 먹으면 되고 나머지는 회사에서 해결할 수 있으니 시리얼과 우유를 샀다. 날씨가 더워 물은 자주 마셔야 하므로 큰 페트병 묶음을 골랐다. 그릇과 수저, 세숫대야와 비누, 세제를 장바구니에 담아 넣었다. 법정스님의 무소유 삶을 감명 깊게 읽은 적이 있어서 혼자 조용히 살아가는 스님의 생활을 흉내내 볼까 하는 생각을 했었는데, 그게 될 일이 아니었다. 컴퓨터와 인터넷 없이 하루를 버티기 어려운 생활에 젖어 사는 사람이 어떻게 속세를 떠나 사는 수행자 흉내를 낼 수 있겠는가?

컵라면과 과일까지 준비해서 집으로 돌아와 땀에 밴 옷을 벗어던졌다. 샤워를 하고 세탁한 옷을 말리려니 건조대가 필요했다. 셔츠를 잘 말려서 입으려면 다리미도 있어야 하고 물을 끓일 수 있는 포터도 필요했다. 마트로 다시 가서 베개와 담요까지 준비를 하였다.

한 몸 간편하게 살고자 하는데도 필요한 것이 이렇게 많은데 바랑 하나만 달랑 짊어지면 훌쩍 떠날 수 있는 수도승은 대체 어떤 생활을 하는 것일까? 많이 모아야 행복이 온다고 생각하는 세태 속에서 사람이나 물건의 인연에 집착하지 않는 수도승, 옷이 헐고 배고픈 때가 얼마이며 몸이 아파도 그냥 견디며 이겨내야 하는 날들이 또 얼마일까. 수행하는 사람들은 그 생활이 몸에 배었을 것이다.

하지만 물질문명에 익숙한 우리는 나름의 생활습관에 젖어 있어서 그런 생활을 하기가 어렵다. 마음을 비우고 물질을 멀리하며 산다는 것은 쉽지가 않다. 그렇더라도 자신을 되돌아보며 성찰하려는 마음만은 잃지 말아야 하지 않을까.

수행에 관심이 높은 은사로부터 한 학기 명상수행 강의를 들은 적이 있었다. 체험훈련도 병행하였는데, 눈을 감고 몇 십 분 동안 조용히 앉아 마음을 내려놓는 시간을 가졌다. 초종교평화운동에 오래도록 몸담고 살아 온 교수님은 특정 종교의 수행을 따라서 하는 것에는 관심이 없었다. 그래서 스스로 개발한 프로그램으로 진행을 하였는데 마음 다스림에 도움이 되었다. 명상은 종교에 따라 여러 가지가 있지만 그때의 수업은 자신의 마음을 살피면서 복잡하고 무거운 것들을 가만히 내려놓게 하는 것이었다. 흙탕물이 시간의 흐름에 따라 맑아지는 이치와 같이 마음속에 혼란이 일어나지 않게 하는 것이었다. 승가에서는 눈을 감고 참선에 들어가면 가려운 곳이 있어도 손을 움직여서는 안 되고 정신을 집중한 가운데 졸지 말아야 한다고 한다.

그런데 내가 참여한 명상수업은 졸음이 몰려오면 살짝 졸아도 되고 벌레가 날아와 가려우면 손을 들어 쫓아도 되었다. 나는 눈을 감고 앉아 있는 그 시간을 수행이라기보다는 자신을 성찰하는 시간이라 생각했었다. 그때 배운 마음 내려놓기 명상을 하루에 몇 분씩이라도 다시 해 보고 싶다.

살아가는 데 궁궐 같거나 그림 같은 집이 있어야 하는 건 아닐 것이다. 마음에 따라 내가 처한 곳이 궁궐이 될 수도 있고 초원의 집이 될 수도 있다. 이왕 자연의 푸른 초목을 벗 삼아 살게 되었으니 지금 이곳을 그림 같은 집이라 생각하며 살아 보리라.

작은 연주회

연말이 다가오자 지하철이 더 붐비는 것 같다. 한 해를 잘 마무리하려고 사람들이 분주해지기라도 한 걸까. 버스와 지하철은 서민들이 이용하는 대표적 교통수단이다. 경제가 어려울 때는 한 푼이라도 아끼는 지혜가 필요하다. 대중교통을 이용하게 되면 개인과 나라에 득이 된다.

1920년대 대공황 이후 유례없는 경제난이라고 아우성이다. 외환위기를 맞고 있는 우리나라가 금융위기로 치닫게 되면 그야말로 큰일이라고 한다. 10년 전 외환위기로 큰 어려움을 겪었는데 또 다시그와 같은 일을 치러야 한다니 답답하기만 하다. 이번의 어려움은 미국이라는 초강대국에서 비롯되어 세계로 확산된 탓에 우리라고 비켜갈 길이 없는 모양이다. 모두 함께 경제를 살릴 수 있는 지혜를 모아 난국을 이겨 나가야 할 판이다.

출퇴근길에 지하철을 이용하게 된다. 내가 자주 타고 내리는 곳은화곡역과 까치산역이다. 서울 서쪽 변두리 서민들이 모여 사는 이곳은 부천에서 버스를 타고 와 지하철로 갈아타려는 사람들이 모여든다. 역으로 들어설 때 시간에 쫓기어 뛰는 사람을 종종 보게 되는데 그 마음을 이해할 것 같다.

지하철에 탑승해 같은 방향으로 가는 이들은 잠시나마 삶의 시간을 공유하는 사람들이다. 그런 점에서 지하철 가족이며 서로에게 친절해야 한다. 같은 역에서 타고 내리는 사람들은 넓게 생각하면 이웃인 셈이기에 그렇다. 부천에서 버스를 타고 온 사람은 조금 멀리 떨어져서 사는 이웃이고 인근에서 걸어서 온 사람은 함께 살아가는 동네 이웃이다.

수요일 저녁이었다. 퇴근길 화곡역 플랫폼 계단을 올라와 개찰구로 향하는데 정감 있는 색소폰 소리가 들려왔다. 작은 음악연주회가 열리고 있는 것이었다. 연주자 앞에는 이미 여러 사람이 의자에 앉아 음악을 감상하고 있었다. 발걸음을 멈추고 빙 둘러서서 정겨운 음악에 귀를 기울이고 있는 이들도 있었다.

나이가 지긋한 연주자의 한 사람은 색소폰을 잡았고 또 한 사람은 트럼펫을 불고 있었다. 두 사람의 합주로 노래 한 곡이 끝나자 박수가 쏟아졌다. 청중의 박수는 강요되거나 의례적인 것이 아니라 진정한 마음에서 나오는 것이었다. 연주자는 아낌없는 박수소리에 더욱 힘을 얻어 흥겹게 연주를 했다.

연속으로 이어지는 노래는 예전에 유행하여 지금까지 사랑 받고 있는 가요들이었다. 가끔 외국의 소위 명곡이라 불리는 노래를 연주하기도 하였으나 귀에 익은 우리 가요만큼 박수를 받지는 못했다. 대중가요가 힘겨운 삶을 살아가는 서민들의 애환을 담아 인생사 희로애락을 솔직하게 표현하기에 재미가 있다.

은유적 가사로 대중의 정신을 일깨우며 사랑을 받는 노래는 불의한 힘으로 권력을 잡은 자들을 긴장하게 만든다. 그래서 부드럽고 감미로운 노래의 힘이 권력을 이길 수 있는 것이다. 그런 가운데 정통성이 약한 정권은 때로 국익이라는 명분을 앞세워 가요를 검열하면서 핍박하는 경우가 있어 왔다.

음악은 여러 사람이 함께 하는 자리에서 연주가 될 때 더욱 신이 난다. 저음의 색소폰 소리가 잘 절여져서 맛있게 만들어진 김치 같다면 고음의 트럼펫 소리는 김치를 만들기 위해 통배추를 잘라 놓은 싱싱한 모습 같은 느낌이었다. 이 고저高低의 소리가 하모니를 이루는 가운데 노래가 시작되자 어깨춤을 추며 앞으로 나서는 사람이 있었다. 그리고 뒤따라서 스텝을 밟는 사람도 있었다. 이들은 서로 초면이면서도 자연스럽게 얼굴을 마주보며 어울려 춤으로 한 마음이 되었다. 관객들은 이런 모습을 바라보고 웃음을 지으며 즐거워했다. 나이가 들어 어깨가 굽은 춤꾼도 젊은 시절에는 두려움 없는 마음으로 세상을 질주하듯 살았을지도 모른다.

인간이란 도움을 주고받는 관계 속에서 살아갈 수밖에 없다. 네가 있어 내가 존재할 수 있다는 것을 깨닫게 되면서 꼿꼿하던 자존심도 슬그머니 꼬리를 내리게 된다. 마음 한 번 접고서 세상을 바라보게 되면 이해가 되지 않을 것이 없다.

청중 앞으로 나와서 음악에 맞추어 흔드는 초로初老의 몸놀림이 예사롭지 않아 연주자도 흥이 났다. 묵직한 음으로 가슴을 울리는 색소폰 연주가 끝나자 지하철 역사驛舍 안에 또 다시 박수소리가 넘쳐났다.

연주자와 청중이 가까이에서 어우러져 즐거움을 나누는 작은 연주회는 퇴근길에 뜻밖의 선물이다. 지역주민과 함께 하는 이 공연은 시간을 정해 놓고 정기적으로 펼치고 있지만 나의 퇴근은 그 시간을 잘 맞추지 못 한다.

지하도를 빠져 나오자 드문드문 눈이 내리고 있었다. 지하도 안의 음악 연주회는 포근한 꿈같은 시간이었고, 버스와 택시와 화물차가 내달리는 밖은 정신을 바짝 차리지 않으면 안 될 현실 그 자체 같았다. 버스를 타기 위해 귀가를 서두르는 사람들의 발걸음이 다시 빨라졌다. 하얀 눈이 펑펑 내려 색소폰 소리 같은 푸근한 저녁이 펼쳐졌으면 좋겠다.

커피포트 바위

미국 애리조나주의 세도나는 생각만 해도 기분 좋은 곳이다. 평온한 느낌의 그 도시를 나는 아주 짧은 기간 동안 여행한 적이 있다.

라스베이거스에서 열흘간의 출장업무를 마칠 즈음에 세도나 여행을 제안하는 지인이 있었다. 말로만 들어 동경해 오던 곳을 함께 여행하자고 하였을 때 마음이 내키지 않을 수 없었다. 차로 약 다섯 시간을 달려서 가는 동안 미국 서부의 사막에 듬성듬성 핀 선인장 꽃의 아름다움을 감상할 수 있었다. 황량한 사막에 꽃이 피어 있는 것이 그나마 볼거리였다. 옹기종기 집이 모여 있는 마을도 보였지만 사막이라 한국의 정감 있는 동네와는 거리가 멀었다. 높은 산도 나무가 없어 삭막해 보이기는 마찬가지였다. 푸른 수목이 가득한 한국의 산야는 보물이라는 생각이 들었다.

그런데 세도나는 달랐다. 푸른 나무가 가득했다. 무엇보다 놀라운 것은 바위가 온통 붉은 색이었다. 그것이 눈에 들어오면서부터 별천지에 온 것 같은 느낌이었다. "세도나로 가는 길목에서 감탄과 함성이 나오지 않는다면 당신은 잠을 잔 것"이라는 말이 있다는데, 맞는 말이었다. 그 도시에 들어서면서부터 눈이 번쩍 뜨여져 사방을 돌아보게 되었다. 그런데 어느 쪽을 봐도 신비스런 바위가 있어 환상적인 풍경이었다. 시내 중심거리나 주택가에서 높이 솟은 건물은 찾아보기 힘들었고 작으면서도 나름의 멋을 가진 집들이 있을 뿐이었다. 주택지역은 푸른 나무로 둘러싸여 있었는데 5월 말 실록이 짙은 계절이라서 그렇게 보였는지도 모른다.

세도나는 세계적으로 기(氣)가 센 지역으로 알려져 있다. 자연 발생의 에너지가 소용돌이치며 흘러나오는 곳이라고도 한다. 예민한 사람은 그 에너지를 느낄 수 있다고 하는데, 그래서 영성수련이나 기도를 하려고 찾아오는 사람들이 있다는 것이다.

그곳의 유명한 바위로는 종 모양으로 생긴 벨락(Bell Rock)과 대성당 모양의 바위(Cathedral Rock)가 있다. 그 외에도 세계적으로 알려진 이름 난 바위들이 즐비하다. 우리는 도착한 날 오후에 종 모양의 바위를 맨발로 올라갔다. 바위라고는 하지만 산 봉우리인 셈이었다. 그곳을 오르고 내려가는 사람이 줄을 지었다. 꼭대기까지 올라가기란 불가능해 보여 나는 중간의 작은 봉우리까지 갔다가 돌아서 내려왔다.

세도나에서 이틀 밤을 지내는 동안 아침이면 커피포트 모양의 바위(Coffee Pot Rock)를 찾아갔다. 거기를 가게 된 것은 숙소에서 산책할 만한 거리였기 때문이다. 바위라고 이름 붙여진 것은 대부분 산봉우리였는데, 커피포트 바위도 우뚝 솟은 봉우리였다. 그것이 얼마나 큰지 가까이에서는 그 형상을 느낄 수가 없고 골짜기 건너편이나 저 멀리 차를 타고 가면서 봐야 그 모양이 온전하게 잘 보였다.

둘째 날 아침에 나는 커피포트 받침대와 같은 부분의 바위를 조심조심 기어서 올라갔다. 받침대 위에 서 있는 주전자 몸통과도 같은 바위를 만져 보고 싶어서였다. 카메라를 메고서 혼자 맨 손으로 붉은 바위를 오르기란 쉬운 일이 아니었지만 땀을 흘리며 오른 것은 특별한 기운 같은 것을 체험할 수 있을까 하는 마음에서였다. 드디어 수직으로 곧게 솟은 바위 아래에 도착하게 되었고 양 손으로 바위를 짚으며 올려다보았다.

그런데 바위가 너무도 엉뚱하게 보였다. 꼭대기가 커다란 독수리의 머리 모양으로 보이는 것이었다. 엄청나게 큰 독수리가 고개를 내밀고 있는 형상이어서 두려운 생각마저 들었다. 힘을 내어 오를 때는 몰랐는데, 주변에 아무도 없는 외로움이 그때서야 몰려왔다.

아침 햇살은 따뜻했다. 멀리 시내의 작은 집들이 줄을 지어 있고, 그 주변으로 푸른 나무들이 늘어 서 있는 모습이 너무나 평온해 보였다. 머리 위의 끔찍한 형상과 먼 곳의 평온함이 마음에 교차되는 가운데 바위를 올려다보며 사진을 찍었다. 세도나의 붉은 바위에서 발생되는 에너지가 사람에게 신비로운 힘을 주어 정신을 맑게 해 준다고 믿는 사람들이 있다. 그래서 바위를 오르고 그곳에서 기도를 드린다는 것이다. 정신이 맑아지는 것이 사실이라면 더 많은 사람이 세도나를 찾아가서 기운을 받았으면 한다. 그래서 세파에 찌들고 협소해진 마음의 세계까지 넓히는 시간이 된다면 좋을 것 같다.

요즘, 비선에 의지해서 나라를 이끌다가 부정하게 일을 처리한 대통령의 행적이 속속 드러나 온 국민이 충격을 받고 있다. 이 사태를 두고 어떤 이는 무속인을 가까이 하며 살아온 탓이라고도 한다. 영계를 보았다느니, 사후의 세계를 잘 안다느니 하는 말을 늘어놓으면서 사람의 마음을 읽을 수 있는 것처럼 떠벌리는 이들이 종종 있다. 이런 사람들이야말로 정신건강에 도움이 되는 세도나의 에너지가 필요한 게 아닐까 하는 생각이 든다.

커피포트 바위에서 두려움을 이겨낼 수 있었던 것은 세도나의 신비한 에너지가 마음을 평온하게 해 주면 주었지 정신을 혼란스럽게 하지는 않을 것이라는 믿음 때문이었다. 그런 믿음을 갖자 바위가 정감 있게 느껴졌다. 따듯한 햇살이 바위를 더욱 붉게 물들이고 있는 것 같아 신기했다.

올라갈 때 힘을 너무 써서 그런지 내려가는데 다리가 후들거렸다. 오를 때보다 더 많은 땀을 흘렸다. 마음 편하게 걸을 수 있는 현실의 바닥으로 내려서기 위해서 겁 없이 올랐던 바위를 바짝 엎드린 채 기어서 내려와야 했다. 앞가슴 셔츠의 단추가 떨어져 나가는 것을 감내하면서 내려설 수밖에 없었다. 좋은 기운의 에너지를 받았을지라도 가파른 바위를 내려오는 일에는 신중해야 하였다. 기어서 오른 바위를 편하게 성큼성큼 걸어서 내려올 재주는 어디에도 없었다.

삶의 긴장이 풀려 나태해질 때 가끔 세도나를 떠올린다. 높이 솟은 바위의 독수리 형상을 생각한다. 팽팽하게 긴장된 시간이었던 그 순간처럼 '그래, 다시 해 보자!' 하고 마음을 다잡는다. 어차피 인생길은 혼자 가야 하는 것이다. 그러므로 힘을 내야 하지 않을까.

시장풍경

겨울로 접어들면 재래시장에도 찬바람이 불어오게 마련이다. 신영시장 중심 사거리에 서면 바람이 술술 잘 통한다. 12월 시장 바닥에 놓인 야채들은 찬바람에 바짝 긴장하고 있는 듯했다.

사거리 모퉁이에 자리를 잡은 야채가게 할머니가 하얀 털모자를 푹 눌러 쓰고 조선 파를 다듬고 있었다. 붉은 줄에 묶여 있던 파 한 단을 풀어 놓고 몇 개씩 집어서 가지런히 뿌리 끝을 맞춘 다음 칼로 싹둑 잘라내었다. 그리고 하나씩 들고서 말라 누렇게 변한 잎을 벗겨냈다. 잎 끝의 마른 부분은 손톱으로 뚝뚝 잘랐다. 다듬은 것을 파랑 플라스틱 소쿠리에 담았다. 깨끗해진 파는 보기에도 상품의 가치가 더 있어 보였다.

할머니의 흰 목장갑에는 검푸른 물이 배어 있었다. 부지런히 파를 다듬다가 손님이 오면 그때서야 고개를 들었다.

"할머니, 이것 얼마예요?" 지나가던 젊은 여인이 파가 담긴 소쿠리를 가리키며 물었다.

"이천 원." 할머니가 짧게 대답했다.

가격을 물어본 여인이 서서 야채를 살피는 동안 할머니는 손질할 파단을 앞으로 당겨 놓았다. 여인이 소쿠리에 담긴 상추는 얼마냐고 물었다. 할머니는 고개도 들지 않은 채 삼천 원이라고 대답했다.

야채 값을 지불한 여인이 파와 상추가 담긴 봉지를 들고 야채가게를 떠나갔다. 할머니는 앉은뱅이저울 위에 고구마가 담긴 파란 소쿠리를 올려놓았다. 저울 바늘이 바르르 떨면서 눈금을 가리켰다. 할머니는 올렸던 것을 내려놓고 또 다른 소쿠리를 저울에 올려서 무게를 달았다. 고구마 봉지의 무게가 비슷하도록 맞추는 것이었다. 소쿠리에 담겨진 검붉은 고구마가 단단하게 보였다.

가까운 시장에서 먹거리를 준비해 집으로 들어가는 것이 서민들의 생활이다. 잠시 시간을 내어 시장을 둘러보며 물가를 살피다가 가족을 위해 필요한 것을 구입하게 된다. 생필품의 가격 변동을 예민하게 느끼는 사람이 주부들인데 귤도, 고구마도 상자로 사다 놓고 마음껏 먹을 형편이 못 되는 사람이 많다. 하루 이틀 먹을 양을 사서 작은 봉지에 담아 들고서 집으로 향하는 것이 대부분의 재래시장 이용객들이다.

'완전폐업'이라 쓴 큼직한 현수막을 걸어 놓고 장사를 하는 옷가게에서 쉴 새 없이 음악이 흘러나오고 있었다. '앗 사루비아 사루비아 비아, 사루비아 꽃을 든 사람~' 방실이 노래가 울려 퍼졌다. 신나는 곡조와는 달리 물건을 고르는 사람이나 파는 사람 모두 그다지 기쁜 표정들은 아니다. 마음이 동해야 장단을 맞추는 법인데, 정국政局이

어수선한 판에 어찌 신바람이 나겠는가. 북적거려야 할 계산대 앞에 바람잡이인 듯한 여인 말고는 손님이 없었다.

경기가 살아날 기미를 보이지 않는다. 젊은이의 취업 또한 어렵다고 한숨들이다. 이런 때일수록 가진 자보다는 서민이 느끼는 불경기의 체감은 더 큰 것이다. 거기에다 나라까지 이토록 난리니 앞으로 경제는 어떻게 될 것인가. 대다수의 국민은 숨을 죽인 채 나라를 걱정하고 있다. 광화문광장에서 대통령 즉각 퇴진을 외치는 소리는 날로 높아만 가고 있다.

그런데 문제를 해결하기 위해 팔을 걷어붙이고 나서도 모자랄 판에 어쩌자고 대통령은 진솔한 해명은 커녕 묵묵부답으로 일관하고 있는지, 참으로 이상하고 답답하기 그지없다. 국가와 국민을 위하겠다는 사람이라면 자신으로 인하여 벌어진 일들에 대해 남의 일같이 구경만 하고 있어서 되겠는가. 오해가 있거나 부당한 정치적 공세라면 적극적으로 해명하여 국민의 궁금함을 해소시켜야 할 것이다.

진정성을 갖고 국민에게 다가가 진솔하게 이야기를 한다면 이해하며 공감할 국민들도 많을 것이다. 그렇게 하여 국민 간의 갈등과 불안을 잠재워야 하지 않을까. 비판의 목소리가 싫어서 귀를 닫는다면 어찌 큰 인물이라 하겠으며 바람직한 국정 책임자라 할 수 있겠는가. 그런 모습이 너무나 안타깝다. 소통이 없는 곳에 발전이 있을 수 없다. 탄핵을 지지하는 자들과 반대하는 자들의 갈등만 키우게 될 것이다. 국민 갈등이 경제발전에 얼마나 나쁜 영향을 미치는지를 우리는 많이 보아 왔다.

상사가 자기의 생각이 옳다는 단정을 하고 대화를 하게 되면 모시는 사람의 처지에서는 말문을 닫게 된다. 서로 얼굴을 맞대고 허심탄회하게 회의를 해야 좋은 방법이 찾아질 것인데 서면으로 보고하는 것이 관례였다는 말을 듣고 '이게 무슨 말인가?' 해서 어안이 벙벙할 뿐이었다. 소인배가 나랏님의 국정 운영방식을 어찌 다 이해할 수 있겠냐마는 '이건 아닌 것 같은데' 하는 생각을 지울 수가 없었다. 그동안 많은 국민은 최고 결정권자를 믿고 그의 판단을 존중해 왔는데, 일이 터져 밝혀지고 있는 내용들을 보면 실망감을 감출 수 없다. 결국 모든 피해는 국민이 떠안을 것이 뻔하다.

청와대 최고위 공직을 담당하던 이들은 부정한 일에 자신은 관련이 없고, 대통령이 시켜서 한 일이라며 그 책임을 돌리고 있다. 국정 농단에 대하여 '몰랐다'며 무책임한 답변만 하는 것을 보면서 도대체 그 자리에서 무엇을 하고 있었던 거냐고 따져 묻고 싶은 심정이다. 국정의 중대사건을 놓고 여당과 야당 의원들이 서로 목청을 높이고 있지만 찬바람 부는 재래시장에서 한 주먹의 상추를 사서 들고 집으로 갈 인사들로 보이지는 않는다.

청문회에서 사실에 대해 따지며 캐물어야 하는 것도 있지만 공박으로 망신을 주는 식이 되어서는 시청자의 공감을 얻기 어렵다. 많은 국민이 보고 있으므로 품격 있는 언행과 깊이 있는 질문으로 거짓말을 할 수 없게 만들고, 발뺌해서 도망가지 못 하게 해야 할 것이다. 그러기 위해서는 충분한 증거자료를 제시하는 질문이 되어야 한다.

그런데 권위적인 모습으로 호통을 치고 윽박지르는 식의 질문을 하는 것을 보면서, 저런 사람이야 말로 먼저 퇴출되어져야 한다는 생각이 들었다. 헌법재판소의 심판에 의해 대통령 직에 대한 결정이 내려지게 되면, 어느 쪽으로 판결이 나든 국민들 마음에 깊은 상처와 갈등의 골이 남을 것은 뻔하다.

야채가게 할머니는 어느 새 전깃줄을 끌어다가 냄비에 찌개를 끓이고 있었다. '보글보글' 하는 소리가 왠지 애간장이 끓는 소리 같이 들렸다. 경제의 찬바람은 언제 멈추려는지, 순풍이 술술 불어와 신영시장에도 신바람의 콧노래 소리가 가득 울려 퍼졌으면 좋겠다. (2016년)

장날 이발소

　밤새 내린 눈으로 버스터미널 옆 밭이 하얗게 뒤덮여 있었다. 발을 쿵쿵 굴려 신발에 묻은 눈을 털고 이발소로 들어서자 소파에 비스듬히 앉아 텔레비전을 보던 주인이 놀란 듯 일어섰다. 장날인데도 손님이 없어 TV에 정신을 두고 있었던 것이다.

　겉옷을 벗어 옷걸이에 걸어 두고 의자에 올라앉자 이발사는 두루마리 휴지로 목을 두 바퀴 감았다. 머리카락이 옷 속으로 들어가는 것을 방지하기 위해서였다. 그리고 넓은 수건을 펴서 가슴을 덮어 주었다. 난로 불이 제대로 피지 않아 훈훈한 기운이 덜하다는 생각을 했는데 한결 따뜻했다. 그 위에 비단 천으로 몸을 감싼 뒤 목을 바짝 조였다. 천 아래쪽 끝은 거울 기둥에 고정을 시켰다. 머리카락이 바닥으로 마구 떨어져 내리지 못하도록 하는 것이었다. 내 눈앞에는 흰 비단 천이 넓게 좍 펼쳐졌다. 걸어오면서 본 눈밭의 하얀 풍경이 떠올랐다.

　이발사의 독특한 노하우에 웃음이 나오려는 것을 참고 가게를 시작한 지 얼마나 되었느냐고 물었다. 묵묵히 가위질을 하던 아저씨가 입을 열었다.

설악면에서 일을 시작한 것이 20년 넘었는데 사우나와 수영장을 갖춘 전국 제일 규모의 스파랜드가 근처에 생길 때 이발소를 맡아서 오게 되었다고 했다. 초기에는 스파랜드에 손님이 몰려와 정신없이 바빴단다. 그 자리를 차지하려고 전세금을 뽑아서 넣었는데 몇 년의 부흥기간이 지나자 전국에 고급 사우나 건물이 우후죽순처럼 생겨나 스파랜드의 사업이 점점 힘들어졌고, 입주금도 찾기가 어렵게 되었다고 했다. 그때 인근에 빌라 한 채를 사 둔 것이 인연이 되어 지금껏 설악을 벗어나지 못하고 있다는 것이었다.

텔레비전에서는 어촌생활이 방영되고 있었다. 방송국 리포터를 태우고 바다로 나간 어부가 낚시로 숭어를 잡아 올렸다. 배 위로 올라온 물고기가 퍼덕거렸다. 리포터는 꿈틀거리는 숭어를 들고 카메라를 행해 '이렇게 큰 물고기가 잡힌다'고 소리를 쳤다. 파도에 배가 흔들리자 서서 소식을 전하던 리포터가 넘어지지 않으려고 애를 썼다. 그리고 잠시 뒤 잡은 물고기를 요리해 회를 맛있게 먹고 있었다.

그 장면을 보던 이발사가 자신의 체험담을 말하기 시작했다. 목포가 고향인 그는 조용히 살고 싶어서 가까운 섬으로 들어간 적이 있다고 했다. 그런데 6개월도 못 되어 다시 섬에서 나왔다고 한다. 복잡한 도시가 싫어서 섬으로 갔지만 적응이 어려웠고, 좁은 지역의 어디에 무엇이 있는지 훤하게 되자 갑갑해서 견딜 수가 없더라는 것이다. 사람이 낯선 곳에 정착해 살아가려면 내공이 필요하다고 했다. 구경

거리 좋은 관광지라 할지라도 자리를 잡고 살면 마음이 무디어져 멋을 느끼지 못하는 이치와 같다는 것이다.

그리고 배를 타고 바다에 나가는 것이 얼마나 힘든 일인가를 재미있게 이야기했다. 어선을 타고 나가면 비릿한 냄새와 연통에서 뿜어져 나오는 가스로 머리가 아프게 되는데, 육지라면 냄새를 피해서 멀리 도망을 가면 되지만 배 위에서는 그럴 수가 없다는 것이다. 아무리 싫어도 배를 벗어날 도리가 없기 때문이란다. 또 물결에 흔들리는 배에 있으면 속이 매스꺼워 멀미를 하게 되고 아침 먹은 것까지 토해 내기 때문에 낚시를 하여 회를 만들어 먹는 것을 낭만으로만 생각해서는 안 된다는 것이었다.

그런데 그토록 속을 뒤집는 지독한 배 냄새를 이기는 것이 사람 냄새라고 했다. 여자가 멀미를 할 때 남자가 안아 주면 멀미를 그치고, 남자가 멀미할 때는 여자가 안아 주면 멀미를 멈춘다는 것이 이발사 아저씨의 지론이었다. 그래서 여성에게는 남자 냄새가 약이고, 남성에게는 여자 냄새가 약이라는 것이었다.

관광 재미에 마음이 들떠서 배를 타지만 바다로 나가 멀미가 시작되면 여성이 남자 쪽으로 몸이 기우는데 멀미를 이기기 위해 본능적으로 그런다는 것이다. 그것을 아는 엉큼한 남자는 일부러 여성 옆에 다가가서 앉았다가 서로 가까워져 연애가 시작되기도 한다는 것이다.

그럴 듯한 말을 재미로 하는 것 같지는 않았다. 멀미를 멈추게 하는 데 사람 냄새로 가능하다는 것이 공감되지가 않았다. 그리고 사람에게 그토록 심한 냄새가 난다는 것도 믿을 수 없었다. 남자의 냄새를 여자만 느낄 수 있는 것일까? 그렇지는 않을 것이다. 그보다는 재미있는 일에 심취하면 멀미를 이겨낼 수 있는 것이 아닐까. 아이들이 놀이터에서 놀 때는 추운 줄을 모르듯이, 배를 타고 있다는 것도 잊은 채 연애감정에 빠져 시간을 보냄으로써 멀미를 이겨 내는 것이라는 생각을 했다. 이발사의 말은 바닷가에 고향을 둔 사람이 산골에 살면서 향수에 젖어 젊은 날의 일을 감성적으로 기억하는 말로 들렸다.

이발을 마치고 밖으로 나서는데 훈훈해진 이발소의 공기 덕에 몸이 녹아 발걸음이 가벼웠다. 설악면 5일장은 열린 듯 만 듯 했고 주민들의 발길은 뜸했다. 평소 가장 붐비던 농협 앞의 거리가 한산했다. 노점에 거치대를 설치하고 옷을 파는 상인도 의자에 앉아 있는 모습이 마음을 비운 것 같았다.

그 후 봄기운이 완연한 3월이 되어서야 다시 이발소를 찾게 되었다. 그런데 문이 잠겨 있었다. 장날이라 손님이 있을 것인데 가게를 열지 않은 것이 의아해서 유리 창문을 통해 안을 들여다보았다. 그랬더니 텅 비어 있는 게 아닌가. 길옆에 앉아 담배를 피우던 노인이 "그 가게 그만두었어!"라고 했다. 이유를 물으니 이발사의 건강이 나빠졌다는 것이다.

바다와 배, 낚시와 회 이야기를 재미있어 하며 확신에 찬 듯이 말하던 '터미널이발소' 주인아저씨의 웃는 얼굴이 떠올랐다. 건강을 회복해 고향 바닷가에 이발소를 열어 행복한 생활을 이어가기를 바라는 마음이다.

| 제 4 부 |

바다와 산

"강물은
연인의 가슴 벅찬 사랑이야기와
떠나간 이를 그리워 하는
애절한 노래 소리도 담고서
조용히 흐른다."

까치산

집 근처에 까치산이라는 조그마한 산이 있다. 쉬는 날 가끔 찾는 산이다. 산 정상에는 사람들이 앉아 쉴 수 있는 정자가 있는데 그 옆에는 산의 내력을 기록한 게시판이 세워져 있다.

게시판 안내문에는, 옛날 가을녘 산 서편을 내려다보면 신월리 쪽으로 드넓은 황금 들판이 펼쳐져 있고 그 위로 참새와 까치 떼가 하늘을 덮을 듯이 날아다녔는데, 그 새들이 날아와 집을 지어 나무마다 까치집이 매달려 있으므로 까치산이라 불리게 되었다고 기록되어 있다. 지금도 어떤 나무에는 까치집이 서너 개씩 달려 있는 것을 보면 까치가 살기에 적합한 산인 모양이다.

까치는 야산이나 마을 근처의 나무에 집을 짓고 사람 가까이에서 산다. 까치가 깊은 산 속에 살지 않는 것은 아니지만 험한 산보다는 야산을 좋아하는 습성이 있다. 사람에 대한 경계심이 적어 집 주변의 나무로 날아와 소리를 내며 날아다니기도 한다. 이런 까치를 한국 사람들은 길조라고 한다.

3월 오후 햇살이 좋아 까치산에 올랐더니 노란 산수유 꽃이 피어 있었다. 몇 그루 안 되는 나무에 핀 노란 꽃은 봄을 알리는 신호처럼 보였다. 진달래 가지에는 분홍빛 꽃 몽우리가 볼록하게 돋아 있었다. 곧 뒤따라서 필 모양이다. 이 산에는 산수유, 진달래 외에도 소나무, 상수리나무, 아카시아나무, 단풍나무 등이 있지만 수종樹種이 그리 많지가 않다. 해발 84미터에 불과한 아담한 산인데 중턱까지 주택들로 가득 차 있고 머리 부분에만 나무들이 남아 있어 산이라고 부르기가 안타까울 정도이다.

더구나 정상 부근엔 풀을 찾아보기가 힘들어졌다. 풀이 사라진 것은 아침부터 올라온 사람들이 운동을 한다며 이곳저곳을 밟아대기 때문이다. 작은 산이 풀 없는 반질반질한 맨땅으로 변해 가고 있다. 사람의 발길이 잦아지는 곳에서는 풀들이 살아남기 어렵다. 그런 것을 보면 자연을 모질게 지배하는 것이 사람인 모양이다.

산 정상頂上에는 이런 글귀가 나무에 매달려 있다.

"나무에 등치기 배치기를 하면 표피가 벗겨져 수액이 통하지 못해 죽게 됩니다."

도심의 작은 산이 주택들로 둘러싸인 풍경은 심심찮게 볼 수 있다. 그 가운데는 산이 공원화 되어 버린 곳도 적지 않다. 산책로를 만들어 걷기 편하게 해 놓고 운동기구를 설치하여 언제든지 즐길 수 있도록 하였다. 까치산도 그렇게 바뀌어 가고 있다. 밤에도 올라와 산책로를 부지런히 걷는 사람과 운동기구를 들어 올리며 땀을 흘리는 사람들이 있다. 늦은 시간까지 불을 밝혀 놓기 때문에 가능해진 일이다. 먹고 사는 일과 더불어 건강을 챙기는 데 신경을 곤두세우는 것이 오늘 날 사람들의 모습이다.

까치산에 오를 때면 집 가까이에 산이 있어 좋다는 생각을 하게 된다. 새 소리를 들을 수 있고 철따라 옷을 갈아입는 나무들로 인해 계절의 변화를 느낄 수 있어서다. 이제 봄을 알리는 꽃이 피어나고 있으니 찾는 이가 더욱 늘어나지 않을까?

그런데 안타깝게도 이 작은 산 아래 터널이 뚫려져 쉴 새 없이 자동차가 지나다닌다. 그리고 터널 위 양쪽 옆으로는 거대한 아파트단지가 서 있다. 아파트가 산꼭대기보다 높게 솟아 있어 고층에 사는 사람들은 까치집을 내려다보며 지낸다.

사람들이 높은 곳에서 웃고 즐길 때 까치들은 얼마나 불안할까. 그러고 보면 새들의 생활 터전은 이미 무너진 셈이다. 그런데도 까치는 산을 떠나가지 않고 있다. 그들도 조상 대대로 살아온 곳을 쉽게 떠날 수 없어서일까? 떠나가지 않는 새들에게 고마운 생각마저 든다.

사람이 큰 결심을 할 때면 산을 찾기도 한다. 비가 오나 눈이 오나 한결같은 산의 모습에서 초심을 바로 세우려는 것이다. 옹달샘 하나 없고 풀마저 사라지고 있는 까치산이지만 그래도 산이다. 그토록 짓밟고 뭉개는데도 가만히 받아 주는 것을 보면 지조가 있어 보인다. 눈이 오면 산등성이가 하얗고 여름이면 나뭇잎이 무성해 멀리서도 초록을 느낄 수 있어 정겹다.

그런데 머지않아 나무가 말라 죽고 까치는 어디론가 다 떠나갈 것만 같다. 그런 날이 올지 모른다는 생각을 할 때면 가슴이 답답하다.

초목이 사라지고 새들이 없는 곳에서 사람들끼리 살면 행복할까. 자연의 싱그러움이 사라진 회색 도시에서 인간의 정은 어떻게 쌓여 갈 수 있을까. 내려오다 터널 속을 가만히 바라보니 산의 가슴속을 보고 있는 느낌이었다. 돌아서서 걷는데 가슴이 타는 듯한 까치산의 울음소리가 자꾸 뒤따라오는 것만 같았다. (문학사계, 2010년 여름호)

나루터에서

초여름 오후 청평호반 한적한 나루터에 앉아 물소리를 듣는다. 강이 내려다보이는 산속에서 한 달 간의 출장생활 덕에 여유 시간을 강가에서 보낼 때가 있다. 찰싹찰싹 철썩철썩 하며 강변을 스치는 물소리는 언제 들어도 마음을 편안하게 한다. 물에 발을 가만히 담그면 가는 물결 큰 물살이 밀려왔다가 어디론가 끊임없이 흘러간다.

세월이 유수流水와 같다고 하여 인생길을 흐르는 물에 비유하기도 한다. 그러나 인간은 주변 환경을 능동적으로 개척하며 살아간다. 환경을 변화시켜 편리하게 이용하는 데도 탁월한 능력을 가졌다. 거센 물살이 흐르는 강 위로 교각을 세워 길을 내기도 한다. 멀찍이 산을 뚫어서 만든 경춘고속도로에 새로 놓인 다리橋가 아직은 낯설기만 하다. 그 위로 수많은 사연들이 실려서 오고 갈 것이다.

사람은 인연을 만드는 데도 적극적이다. 꿈쩍도 하지 않을 것 같은 상대에게 다가가 끊임없이 마음의 문을 두드려 결국 사랑의 문을 열게도 한다. 이렇게 삶을 창조적으로 가꾸어 나가는 것이 인간이다. 인간의 열정은 여름 절기와 같은 젊은 시절에 강하게 나타나는 것 같다.

강에서는 모터보트 엔진 소리가 요란하다. 젊은이들 목소리가 싱그러운 낭만의 강변에는 물결이 요동을 친다. 뭐니 뭐니 해도 여름 강변의 주인은 젊은이들이다. 바나나 보트에 몸을 실은 연인들의 즐거운 비명소리는 애교로 들어 줄 만하다. 비키니 수영복 차림으로 수상스키를 즐기는 여성의 당당한 모습도 봐 줄 만하다. 청춘의 한때 물결치는 파도처럼 역동적으로 살아가는 젊은이들의 모습을 나루터에서 가만히 바라본다.

보트를 타든 수상스키를 즐기든 주저앉아서는 안 된다. 수초가 거센 물살에 주저앉았다가 일어서는 것처럼 다시 일어서야 한다. 물놀이를 즐기기 위해서는 당당한 배포가 있어야 한다. 강물로 들어선 젊은이들이 주저앉았다 일어서는 연습을 반복하는 것도 삶에 대한 자신감과 배포를 기르기 위한 것이 아닐까.

만물이 역동적으로 성장하는 여름 절기를 지나 가을을 생각해야 할 만큼의 세월을 느끼게 되면 결국 인간도 자연의 순리대로 물 흐르듯이 사는 것이 좋겠다는 생각을 하게 된다. 세상을 들었다 놓을 만큼 열의에 가득 차 살던 사람도 조용조용해지기 마련이다.

작은 나루터에는 아직 찾아오는 손님이 드물다. 이곳도 한여름에는 사람들로 북적댈 것이다. 발아래 얕은 물에는 수초가 무성히 자라고 있다. 물결이 살랑살랑 밀려와 수초들을 간질이듯 휘감는다. 풀은 애무하는 연인에게 몸을 맡기듯 흐느적거린다. 하루에도 수 없이 밀려오는 물결을 맞이하다가 큰 물살이 급하게 다가서면 풀잎은 물속으로 잠기어 수영을 하고 나온 여인처럼 흠뻑 젖은 몸이 된다. 그런 삶이 버거워 주저앉고 싶어도 마주보며 웃어 주는 동지들이 있기에 푸른 모습을 유지하며 기운을 잃지 않는 것 같다. 수초도 가을까지는 쓰러지지 않고 초록의 생명을 이어 가서 열매를 맺고 싶어 하리라.

사람도 살다 보면 설한풍을 만날 때가 있다. 주변 환경이 울타리가 되기는커녕 차고 습한 공기를 내뿜을 때가 있다. 그런 때 가장 힘이 되어 주는 이가 가족이며 친구이다. 세상을 살아가는 데 사랑하는 가족과 믿을 수 있는 친구가 곁에 있다는 것은 참으로 행복한 일이 아닐 수 없다.

강 위의 녹음 짙은 산에서는 물소리만큼이나 청명한 새소리가 들려 온다. 살아 있는 생명체의 노래소리이다. 자세히 들어 보면 숲에서 나는 소리도 쉼이 없다. 강과 함께 숲이 살아 있다는 증거이다. 밭둑 감나무에서는 매미가 쉬지 않고 울어댄다. 강 주변의 모든 사물이 살아 있다.

나루터 옆 소나무 위에서 백로 한 쌍이 강을 내려다보고 앉아 있다. 긴 날개를 펼쳐서 강물 위를 유유히 날다가 나뭇가지에 사뿐히 내려앉았다. 백로의 날개짓은 강물의 흐름처럼 부드럽다. 서둘거나 조급해 하는 법이 없어 그 자태가 여유롭다.

언젠가 호숫가에서 왜가리를 본 적이 있다. 왜가리도 백로와 같은 조류과에 속하는데, 그 녀석은 물가로 나오는 고기를 잡아먹기 위해 한 시간 이상을 꼼짝하지 않고 같은 자리에 서 있는 것을 보았다. 날개깃이 나무 색과 비슷하여 얼핏 보아서는 나무토막이라고 착각하기 십상이었다. 백로와 왜가리도 여름 철새라 찬바람이 불면 이 강변을 떠나 어디론가 날아갈 것이다.

강물은 젊은이들의 격렬한 물놀이와 수초의 작은 몸부림도 받아주고 백로의 그림자와 왜가리의 기다림도 담은 채 흘러간다. 연인의 가슴 벅찬 사랑 이야기와 떠나간 이를 그리워하는 애절한 노래소리도 담고서 조용히 흐른다.

물도 사람도 먼저 흘러간 이의 뒤를 이어서 간다. 물은 낮은 곳을 향하여, 더욱 낮은 데를 가만히 채운 뒤에 흐르는 것이 순리다. 하지만 사람은 한발 한발 나아가는 즐거움보다 낮은 곳을 회피하고 건너뛰어 높은 곳으로 향하기를 좋아한다. 그러다가 주변을 복잡하게 만들어 폐해를 일으키는 경우도 있다.

삶이 복잡하게 전개되어 순리를 찾기 어려울 때 강가에서 흐르는 물을 바라보며 세상 사는 이치를 터득할 일이다. (문학사계, 2009년 가을호)

바다낚시

아득한 수평선을 향해 고기잡이 배가 물살을 가르며 출항을 하면 갈매기들이 따라 나선다. 배의 속력이 느릴 때는 느린 대로 빠르면 빠른 대로 일정한 거리를 유지하며 날아온다. 그 모습이 사뭇 진지해 보일 때가 있다. 갈매기가 마음먹고 날개짓을 하면 달리는 배 보다 앞선다. 그러다가 힘이 빠지면 슬금슬금 옆으로 비켜나서 제 갈 길로 날아가 버린다. 거문도를 출항한 배가 백도를 향해 달릴 때 본 갈매기의 모습이다.

잔잔한 파도를 가르며 달리는 배를 타고 있으면 마음이 그렇게 상쾌할 수가 없다. 육지가 까마득히 보이다가 사라지는 망망대해에 나가면 인간의 존재가 보잘 것 없다는 생각이 들기도 한다. 그래서 새삼 인간관계의 소중함도 느끼게 된다.

바다에서 낚시할 기회가 자주 있었다. 근래에는 거문도를 몇 차례 다녀오기도 했다. 낚시를 취미로 삼는 사람도 아니면서 여수에서 뱃길로 두 시간 반 거리인 거문도까지 가게 된 것은 회사의 일과 무관치 않다. 거문도에 가면 바다낚시를 하게 된다. 배를 타고 하는 낚시를 선상船上낚시라고도 하는데 바닷가 바위에 자리를 잡고 하는 갯바위낚시와 대별된다.

바다 어느 곳에나 배를 세우고 낚시를 드리운다고 고기를 잡을 수 있는 것은 아니다. 넓은 바다에도 물고기가 모여 사는 곳이 따로 있다. 수중水中 바위들 사이에 어초까지 자라고 있다면 물고기가 살기 좋은 곳이다. 그런 곳을 낚시꾼들은 포인트라고 말한다. 포인트를 알아야 낚시꾼이라 말할 수 있고, 포인트에서 낚시를 해야 고기를 잡을 수 있다. 낚시를 업으로 하는 이들은 이런 곳을 찾기 위해 늘 신경을 곤두세운다. 자신만이 알고 있는 포인트가 있어야 쉽게 고기를 잡을 수 있기 때문이다. 낚시꾼들은 자신이 알고 있는 기술을 자식에게도 알려 주지 않는다는 말이 있다. 그러므로 어부에게 있어 포인트는 생명줄이나 마찬가지인 셈이다.

요즘 배에는 위도緯度와 경도傾度를 알 수 있는 범지구위치결정시스템이라는 GPS가 장착되어 있다. 어부는 물고기가 모여 사는 곳을 거기에 입력해 두었다가 고기잡이를 나갈 때 그곳으로 찾아 나선다. 원하는 지점에 도착해 수심이 얼마인지, 수중에 고기가 있는지 없는지를 어탐기로 파악한다. 그러고 보면 요즘 어부들은 현대의 발달된 과학문명을 잘 활용하는 셈이다.

바다에는 어종魚種에 따라서 바위굴을 집으로 하고 사는 토착성 어류가 있는가 하면, 계절과 수온에 따라 몰려왔다 몰려가는 해류성 어류가 있다. 돔, 농어, 방어 등 대개 큰 것들은 해류성 어류들이다.

선상낚시의 포인트는 이 해류성 어류들이 잘 지나다니는 길목이 되기도 한다.

갯바위 낚시와 달리 배를 타고 하는 선상낚시는 자유로운 맛이 있다. 조류를 따라 흘러가는 주홍색 찌가 가물가물해져도 줄을 풀어주는 여유가 생긴다. 수면 위에 방해 받을 것이 없기 때문이다. 아득한 바다 위의 파도가 햇살에 반짝일 때면 물비늘에 눈이 부시기도 한다. 흔들리는 배에 몸을 맡긴 채 두둥실 떠 가는 흰 구름에 마음을 두고 있으면 어지러운 세상사가 잊혀지는 듯하다.

그런데 낚시를 좋아한다 하더라도 배멀미를 하는 사람이라면 선상낚시는 어렵다. 배 멀미는 자동차 멀미와는 비교할 수 없을 정도로 견디기가 힘들기 때문이다. 낚시 배를 처음 타는 사람이라면 특히 배멀미에 주의해야 한다. 가까이에서 흔들리는 뱃전을 보고 있으면 머리가 어지럽다. 낚시바늘에 미끼를 끼운다고 내려다보고 있으면 멀미 기운이 더 심해진다. 그럴 때는 시야를 멀리 두어야 한다. 먼 섬이나 하늘을 보고 있으면 어지럼증이 사라지기도 한다.

가까운 곳을 보고 있으면 어지럽고, 먼 곳을 바라보면 편안해 지는 것은 현실現實과 이상理想의 차이와 같은 이치이다. 삶 속에서 현실을 보게 되면 언제나 머리 아픈 일들이 많다. 먹고사는 문제에서부터 정치판 돌아가는 형편까지 복잡한 사건들이 멀미나게 한다. 그러나 현실적인 생각에서 벗어나 미래를 꿈꾸며 이상을 그리게 되면 마음이 편해진다.

벌써 10여 년 전의 일이다. 제주도 서귀포 앞 바다에는 범섬, 섶섬이 있고 좀 멀리 떨어진 곳에 지귀도라는 섬이 있다. 당시 그 주변을 다니며 선상낚시를 할 기회가 자주 있었다. 그곳에서는 한라산이 바로 눈앞에 보였다. 서귀포 시내의 건물들은 멀어서 작게 보이지만 높은 산은 눈에 잘 들어왔다.

멀미를 할 것 같아 어지러울 때면 한라산을 바라보곤 하였다. 그런데 한라산이 영락없는 여인의 형상으로 보일 때가 있었다. 보는 위치에 따라서 그 차이가 있기는 하지만 참으로 신기하였다. 하늘을 향해 누워 있는 여인의 모습, 산봉우리는 얼굴이고 서쪽 능선은 가슴과 허리, 다리의 곡선까지 여인의 나신 형상을 하고 있었다. 사람들이 왜 한라산을 여성적인 산이라고 말하는지를 그때 알게 되었다.

한라산의 이런 모습은 쉽게 볼 수 있는 것이 아니라고 한다. 맑은 날에도 산봉우리 주변에는 구름이 모여 있어 좀처럼 얼굴 보기가 어렵다는 것이다. 또 안개로 인해 산이 제대로 보이지 않을 때도 많다고 한다. 그래서 서귀포 사람들은 한라산을 제대로 보는 일은 사람의 노력으로 되는 것이 아니고 산이 자기의 모습을 보여 줄 때라야 가능하다고 말한다.

배를 타고 이처럼 멀리 있는 산을 바라보며 정신을 팔고 있으면 멀미가 사라진다. 세상사를 보고 있으면 멀미날 것 같은 어지러운 일들이 너무나 많다. 산다는 것은 멀미나는 일들에 대한 적응연습의 반복인지도 모를 일이다. (문학사계, 2009년 여름호)

바닷가 운동장에서

'톡, 톡' 하고 작은 공 튀어 오르는 소리가 길 가로 들려왔다. 백야도에 새로 놓인 다리橋까지 산책하리라던 마음이 바뀌어 학교 운동장으로 발걸음을 옮겼다.

운동장에는 테니스 공으로 야구놀이를 하는 두 명의 학생만 있을 뿐 조용했다. 바다가 내려다보이는 운동장 가에는 측백나무와 사철나무가 어우러져 울타리가 되어 있었다. 한 쪽으로 비켜 서 있는 플라타너스는 가을을 타느라 넓은 잎이 둥글게 말려 가고 있었다. 바람에 떨어진 나뭇잎은 부석부석 소리를 내고, 교정 옆 풀밭에는 허옇게 핀 억새꽃이 세어 가고 있었다.

입학하여 다니고 있는 지금의 학생들만 졸업하게 되면 폐교가 될 어촌의 작은 학교는 서걱거리는 억새의 운명만큼이나 낡은 모습이 되어 있었다. 저무는 가을 햇살이 교정을 따뜻이 감싸 주고 있었다. 공을 던지며 놀고 있는 두 학생의 모습에서는 햇살만큼 따뜻한 정이 묻어났다.

중학생과 초등학생으로 보이는 둘은 형제인 듯했다. 담장 쪽에서 형이 공을 쳐서 날리면 운동장 가운데서 동생이 굴러오는 공을 잡았다. 야구 장갑이 동생에게는 버거워 보일 정도로 장갑은 크고 아이의 손은 작았다.

동생이 잡은 공을 형에게로 던져 주었다. 형은 공을 위로 높이 올렸다가 내려오는 것을 방망이로 쳐서 날린다. 동생은 공중 볼을 잡으려고 껑충 뛰어 보지만 공은 키를 훨씬 넘어 버린다. 뒤돌아 달려가서 잡은 공을 형에게로 던졌다.

동생은 작아도 다부져 보였다. 형이 땅볼로 때려 빠르게 굴러 오는 것을 놓치지 않고 잡아내고, 옆으로 굴러 갈 때는 운동장을 가로질러 재빠르게 낚아채기도 했다. 형이 친 공이 빗맞아 멀리 나가지를 못하자 얼른 달려가서 공을 잡은 뒤 자리를 바꾸자고 했다.

형과 동생은 5년 터울은 되어 보였다. 둘 사이에 여자 형제라도 있는 것일까. 형은 방망이를 주고 글러브를 받았다. 자리를 바꾼 동생이 형처럼 방망이를 휘두른다. 그러나 연거푸 헛손질이었다. 그러다가 제법 공을 높이 날려 보냈다. 형은 놓치지 않고 잘 잡아서 동생에게로 던져 주었다. 신이 난 동생은 열심이었다. 헛손질을 한 뒤 웃으며 공을 다시 줍는 동생의 모습은 천진난만해 보였다. 형은 동생의 그런 행동을 가만히 보고만 있을 뿐 별로 말이 없었다.

해변으로 밀려와 부서지는 파도 소리가 잔잔히 들려 왔다. 근해의 굴 양식장에 점점이 떠 있는 스티로폼들이 마치 운동장에 줄지어 서 있는 학생들 모습 같다는 생각이 들었다. 지금은 단지 30여 명의 전교생이지만, 이 운동장에도 학생들로 가득하였을 때가 있었다고 한다.

형제가 즐겁게 놀고 있는 사이 농구공을 든 학생들이 들어와 운동장 한 쪽에 자리를 잡았다. 편을 가른 학생들이 농구 골대 밑을 몰려다녔다. 한 쪽 골대만 이용해 게임을 하는 것이다.

조용히 공놀이를 하던 형제에 비해 농구를 하는 학생들은 시끄럽게 떠들면서 놀았다. 동생이 친 공이 간간히 농구골대 쪽으로 향하기도 했다. 그럴 때면 형은 가만히 다가가 공을 주워 왔다.

세포洗浦 끝자락에서 백야도로 가로 놓인 다리는 여수의 작은 볼거리이다. 밤이면 다리 위로 솟은 아치형 교각에서 불빛이 난다. 그 주변의 한적한 길을 운동 삼아 걷는 이들이 있다. 더러는 건강을 위해 경보競步를 하듯 빠른 걸음을 하기도 한다. 파도소리와 간간히 들려오는 산새 소리를 들으며 걷는 세포 길은 이곳으로 출장을 자주 나오게 되는 내겐 좋은 산책로인 셈이다.

야구놀이를 하던 형제가 공을 거두고 자전거에 짐을 실었다. 자전거 한 쪽 핸들에 야구 장갑을 끼우고 방망이는 옆으로 세워 묶었다. 동생을 태우고 교정을 빠져 나가는 형의 자전거 바퀴살에 저녁 햇살이 부서지며 반짝였다. (문학사계, 2009년 겨울호)

육지멀미

    일상생활에서 벗어나 색다른 체험을 해 보고 싶었다. 도회지에서 공해에 젖어 살다 보면 일상적 현실에서 벗어나고 싶은 충동을 느낀다. 나는 벼르고 벼르던 끝에 몇몇 지우들과 함께 거문도에서 밤낚시를 하게 되었다.

    "요런 바람에 바다 나가믄 쪼깨 고생 좀 허것는디요."

    밤배를 타고 갈치 잡이 할 마음에 들떠 있던 우리는 '남도낚시' 가게 주인의 그 말을 귀담아 듣지 않았다. 바람이 다소 강하기는 하였지만 배는 언제나 흔들리게 돼 있고 바람으로 인해 좀 더 흔들린다고 낚시를 못하는 것은 아니기 때문이다. 제주도에서 밤 오징어 낚시를 해본 적이 있던 나는 야무지게 옷깃을 여미었다.

    "거문도에 왔응께 갈치를 잡아 봐야제."

    선장의 이 말은 마음속 한켠에 남아 있던 두려움을 잠재우게 해주었다. 머리 위에 매달린 촉수 높은 전구들이 빛을 발하자 배는 대낮같이 밝아졌고 어둠은 몇 걸음 뒤로 물러났다. 넓은 챙의 모자를 눌러쓴 동료들의 표정은 상기되어 있었다.

고도와 서도를 잇는 삼호교 밑을 지나 내항을 벗어나자 배는 바람을 안고 달리는데 작은 배가 심하게 흔들렸다. 항구의 먼 불빛이 가물거리다가 보이지 않게 되자 사방은 캄캄하기만 했다. 검은 파도를 헤치고 가다 멈춘 곳이 거문도의 동서남북 그 어느 쪽인지 우리로선 짐작할 수가 없었다. 파도가 배를 철썩철썩 때리는 중에 닻을 내리고 줄을 팽팽히 당겼다.

배는 잠시도 멈추어 서 있지 않았다. 파도가 다가와서 부딪치고 밀어 올렸다가 힘을 빼며 흩어지곤 하여 배는 불규칙한 시소게임을 하듯 흔들렸다. 그 바람에 배보다 사람이 먼저 몸살을 앓기 시작했다. 낚시가 시작되기도 전에 어지럽다며 선실로 들어가 드러눕는 이가 있었다. 낯선 환경에 적응하기가 쉬운 일만은 아닌 듯했다.

낚싯줄에 주렁주렁 달린 바늘 마다 정어리 토막을 끼우고 검은 빛 바다 속으로 내려 보내자 낚싯대에 달린 릴의 미터기는 순식간에 수심 50미터를 가리켰다. 깊은 그곳에 잠자지 않고 먹이를 기다리는 고기들이 있을까 하는 생각이 들었다. 머리 위에서는 갈매기들의 날개짓이 진지해 보였다. 어두운 밤하늘을 날아다니며 먹이를 찾고 있는 그 모습이 예사롭게 보이지 않았다. 바늘에 끼우고 남은 정어리 부스러기를 물 위로 던지자 갈매기가 잽싸게 날아와 물고 갔다. 어두운 바다가 무섭지도 않은지 갈매기들의 유영은 너무도 자연스러웠다.

낚싯대를 잡은 손에 묵직한 느낌이 있어 줄을 감아 올리자 지느러미를 바르르 떨며 갈치가 올라왔다. 그것을 보고 모두 함성을 내질렀다. 선실에 누워 있던 이도 달려 나와 고기를 살펴보고는 감탄을 했다. 생선가게에서 본 빛바랜 것들과는 너무나 다른 은빛 찬란한 갈치의 살아 있는 모습이었다.

고기를 잡아 올리는 횟수를 거듭할수록 나의 어지럼증은 심해져 갔다. 스스로를 다스리는 데 한계에 달했을 즈음 신물이 울컥 올라왔다. 뱃머리에 찰싹 엎드려 속을 비워냈다. 머리 위에서는 갈매기의 징그러운 울음소리가 들렸다. 괴로워하는 이가 있으면 즐거워하는 이가 있는 모양이다. 내가 버린 것을 주워 물기 위해 갈매기들이 모여들었다. '끼르륵, 끼륵!' 울음소리까지 내며 다가오는 놈들이 무섭고 낯설었다.

그 순간 내가 설 자리가 아닌 곳에 와 있다는 생각이 들었다. 어지러웠다. 집과 회사를 오가던 일상의 그 소중함이 새삼 느껴졌다. 매일 반복되던 평범한 삶이 귀하다는 생각이 들었다.

그날 밤 우리는 멀미와의 씨름을 하면서도 갈치 네 상자를 잡고서 동이 튼 후 부두로 돌아왔다. 막 잡아 올렸을 때 은빛으로 파닥이던 갈치의 신선한 모습은 온데간데 없었다. 나는 상자 안의 갈치 모양으로 축 늘어져 있었다.

안도의 한숨과 함께 육지로 내려섰다. 그런데 웬일인가. 땅이 자꾸만 흔들리는 것 같았다. 배를 타고 있는 것처럼 어지러웠다. 길을 걷는데 발을 헛딛게 되고 넘어질 것만 같았다. 식사를 하기 위해 밥상 앞에 앉았는데 식탁이 흔들리는 느낌이 들어 한쪽 손으로 밥상 모서리를 붙잡았다. 정작 흔들리는 것은 내 몸과 마음인데도 밥상이 흔들리고 집이 흔들리는 것 같았다.

낚시를 20여 년 동안 하였다는 식당 주인아저씨는 나의 이런 현상을 육지멀미라고 했다. 긴 시간 배를 타고 난 뒤에는 육지 적응을 위한 또 다른 멀미를 한다는 것이다.

사람들은 감미로운 환상에 젖어 한 번쯤 일탈을 꿈꾸기도 한다. 하지만 떠나 보면 본래의 자리가 편하다는 것을 깨닫게 된다. 육지멀미는 일탈의 부자연스런 생활에서 제자리로 돌아올 때 감당해야 하는 가슴앓이 같은 것이 아닐까 하는 생각이 든다. 본래의 자리로 돌아오는 과정에서 겪는 열병 같은 것인 모양이다. (문학사계, 2010년 겨울호)

겨울 산행

"씽~, 씽!" 하고 골짜기를 지나는 바람소리가 연거푸 들려왔다. 산을 거침없이 휘젓는 거대한 자연의 힘이 느껴져 가슴 서늘했다. 하지만 산을 오르기로 마음을 먹은 이상 주저할 시간이 없었다. 부지런히 걸음을 재촉했다. 눈 위에서 발이 미끄러질 때마다 '그 신발로는 무리'라던 처사處士의 말이 생각났다. 산사山寺 마당의 눈을 쓸던 그는 비로봉까지 얼마나 걸리겠느냐고 묻는 말에 그렇게 말했었다. 산행 차림을 제대로 갖추지 못한 것을 금세 알아보고 주의를 당부하는 말이었다.

상원사에서 비로봉까지는 3킬로미터, 평지라면 별 것 아니겠지만 일천오백 미터의 봉우리를 향해 가는 겨울 산행에서는 가까운 거리가 아니다. 걷고 달리기를 좋아하던 한창 때는 산을 오르는 것에 두려움이 없었다. 그러나 지난날의 이야기이다. 이제는 무리한 행보는 하지 않게 된다.

아이젠을 준비하지 못한 것이 아쉬웠다. 애초 설산을 오를 거란 생각을 하지 않았기에 장비를 챙기지 못했다. 길이 미끄럽더라도 부처님의 진신사리가 봉안돼 있는 적멸보궁까지는 가리라 생각하며 조심스럽게 걸음을 재촉했다. 골짜기를 지나 능선으로 올라서자 2월의 칼바람이 가슴을 파고들었다. 귓불이 얼얼해 잠바에 달린 모자를 펴서 머리를 감쌌다.

매섭게 부는 찬바람에도 눈을 뒤집어 쓴 나무는 가지만 흔들릴 뿐 꿋꿋한 모습으로 서 있었다. 산에는 크고 작은 여러 수종樹種이 있지만 바람과 맞설 때는 결국 혼자이다. 사람도 곁에 부모형제와 친구가 있다고는 하지만 인생길은 스스로 개척하며 가야 한다. 비바람 눈보라와 같은 매서운 환경을 극복하거나 봄 동산에 꽃 핀 것 같이 아름답고 흥겨운 생활을 이어 가는 것도 결국 자기 자신의 몫이다.

한국 불교의 성지와도 같은 오대산 적멸보궁 앞에 다다르자 길의 눈이 말끔히 치워져 있었다. 흰 눈이 가득한 바람 부는 산사의 돌계단이 그토록 깨끗한 것을 보면 누군가 정성을 다해 쓸고 또 쓴 모양이다. 성지聖地를 아끼는 불심이 느껴져 눈과 흙이 달라붙은 신발로 계단을 밟고 지나가기가 미안한 마음이었다. 그래도 보궁 사리 앞에서 합장이라도 하고 싶어 들렀더니 안에서는 여러 사람이 모여서 예불을 올리는 중이었다.

사방의 능선이 병풍처럼 둘러쳐져 있는 데다가 비로봉이 뒤에서 가만히 감싸 주고 있는 형국이라 적멸보궁 자리는 명당임에 틀림없어 보였다. 신라 선덕여왕 시절 자장율사가 당나라에서 가지고 온 부처님의 진신사리를 봉안한 곳이니 예사 터가 아닐 것이다.

그곳을 나와 다시 비로봉을 향해 걸음을 계속했다. 상원사로부터 치자면 중간쯤 올라온 셈이다. 길이 갑자기 좁아졌다. 두 사람이 비켜서기도 어려울 정도의 외길에는 신발이 묻힐 만큼 눈이 쌓여 있었다. 길 아래로 미끄러진다면 순식간에 수십여 미터는 굴러 내려갈 것만 같다. 산 그림자가 서서히 지고 오가는 행인이 뜸한 산길을 혼자 걷다 보니 자꾸만 서둘게 되었다. 땀이 났다가 식자 추웠다. 다행히 바람은 잦아들었지만 체온이 떨어질까 싶어 덜컹 겁이 났다. 어떻게 해야 두려움을 극복하고 생사에 초연해져 적멸寂滅의 경지에서 살아갈 수 있게 될까.

가파른 산길을 땅만 바라보고 걷다가 길 옆에 큰 나무가 있어 고개를 들자 속이 움푹 파인 고목이었다. 거구의 사람이 들어가고도 남을 정도로 몸통이 텅 빈 나무였다. 속의 바닥에는 눈이 가득 쌓여 있었다. 일천 미터가 넘는 고산지대에 그렇게 큰 나무가 있다는 것이 신기했다. 속을 그토록 텅 비우고도 생명력을 잃지 않은 점이 특이했다.

길은 험하고 가파른데 기운은 빠졌다. 얼마를 더 올라야 비로봉에 닿을 수 있을지 알 수 없었다. 남겨둔 길이 있어야 다음에 다시 찾게 된다는 생각이 들었다. 마음을 돌려먹자 편안해졌다.

돌아서 내려오며 고목을 다시 살펴보게 되었다. 무슨 이유로 몸통을 그토록 비우며 살아가는 걸까. 그 큰 나무가 속을 온통 비워 내기까지 얼마나 많은 세월이 흘렀을까. 마음을 비워서 도를 얻는 수도승과 같다는 생각이 들었다. 눈과 얼음이 쌓인 산길, 내려가는 것도 만만치 않았다.

한국에서 가장 오래된 동종銅鐘을 품고 있는 상원사는 오대산의 멋을 느낄 수 있는 절이다. 산 그림자가 드리우는 산사의 뜰이 아늑했다. 주변은 토질이 좋은지 키 큰 전나무가 군락을 이루고 있었다. 하늘을 찌를 듯이 높게 뻗은 나무 중에는 장정 두 사람이 안아도 손이 닿지 않을 만큼 둥치가 큰 것들도 있었다. 수백 년의 세월 동안 사시사철 푸른 잎을 간직하고 살아가는 정정한 나무 앞에 이르자 큰스님 앞에 선 듯 겸손해졌다. 얼마나 많은 비바람 눈보라를 견뎌야 했을까. 온갖 풍상에 가지가 꺾이고 순이 부러질 것 같은 어려운 순간도 있었을 것이다. 그러나 환경을 탓하기보다 자신을 잘 다스렸기에 지금의 큰 나무로 성장할 수 있지 않았을까.

도인의 경지에 이른 사람이 아니고는 한 곳에 가만히 머물러 있기 어려운 것이 인간이다. 외로움을 잘 타는 습성의 인간은 한 자리에 오래 있지 못한다. 수시로 환경을 바꾸고 끊임없이 자리를 이동하며 살아간다. 그러면서도 웃었다 울었다를 변덕스럽게 잘한다. 그런 인간에 비하면 나무는 한결같다. 비굴하지 않고 꿋꿋하게 자신의 자리를 지키며 변함없이 살아간다.

어쩌면 인간도 한결같은 마음으로 안착할 곳을 찾고 싶어 이곳저곳을 찾아다니는지 모른다. 마음 정착할 곳을 찾아 평생 헤매는 것이 인간이라는 생각이 든다. 그것이 쉽지 않기에 절대자 앞에 마음을 가다듬고 두 손을 모으는 것 아닐까. 산 위에서 바람소리가 나고 눈발이 흩날리는데 나무는 태평하게 서 있었다. 산길을 내려가는 나의 다리는 힘이 다 풀려져 있었다.

백 로

고속도로가 생긴 뒤로 가평은 서울에서 그다지 먼 거리가 아니다. 여름이면 청평호반은 물론이고 계곡으로 피서를 가는 사람들이 많다. 유명산 옆 어비계곡은 피서지로 이름난 곳이다. 어비계곡에서 산길을 좀 더 오르면 용문산과 대부산 사이로 높은 재가 나온다. 잣나무가 울창한 그곳을 설매재라 부른다. 재를 넘으면 양평군이고 넘기전은 가평군이다.

그 북쪽 용문산 아래 묵안리라는 작은 마을이 있다. 나지막한 어비산과 높이 솟은 용문산이 빤히 올려다 보이는 곳이다. 산으로 둘러싸여 있어 버스도 오던 길을 돌아서 나간다. 10여 호ㅑ 되는 이 마을은 계곡과 거리를 두고 있어 조용하다. 피서가 한창인 때에 계곡옆 한적한 곳을 찾다가 이 마을로 접어들었다. 마을 앞에 계단 같은 논들이 펼쳐져 있었다. 높은 산 아래 비탈진 곳이라 논배미는 자그마했다.

그곳 벼가 자라고 있는 논을 향해 백로가 떼를 지어서 날아왔다.

나무 위에도 앉고 밭에도 내렸지만 여러 마리가 논둑에 줄을 지어 앉았다. 그리고 논과 밭을 오가며 먹이를 찾기 시작했다. 초록과 흰색이 어우러져 그림 같은 풍경이 연출되었다. 청정지역이라 먹이를 안심하고 찾을 수 있어서 많이 날아오는 모양이었다. 발걸음을 멈추고 살펴보니 쌍으로 다니는 녀석들도 있었다. 한 마리가 논둑에 올라서면 따라서 오르고, 논으로 들어가면 뒤따라 들어갔다. 벼 포기 사이에서 먹이를 찾다가 같이 나오기도 했다. 논둑을 오가며 사이좋게 지내는 것을 보면 정이 든 모양이었다.

나뭇가지에 앉았던 녀석들도 휙 하고 낮게 날아서 건너편 논으로 들어갔다. 그러다가 사람을 의식하여 한 마리가 급하게 나무로 날아오르면 몇 마리가 이어서 뒤를 따랐다. 백로는 먹이를 찾아 이동을 할 때에도 소리 내어 요란스럽게 울지 않는다. 작은 새들이 시끄럽게 울어대는 것과는 대조로 점잖게 움직인다.

모내기가 시작될 무렵에 날아오는 백로는 가을까지 들판에서 먹이를 찾다가 추워지면 따뜻한 곳으로 떠나가는 철새이다. 경기 북부 지방에는 백로 중에서 가장 큰 부류에 속하는 중대백로에서부터 왜가리, 쇠백로까지 조류가 서식하기 좋은 환경을 갖추고 있다고 한다. 초록의 들판에 흰 날개를 펴고 날아가는 백로의 모습은 동화속의 그림같이 순수해 보인다.

묵안리 마을 앞 논에 비닐하우스를 지어서 버섯재배를 하는 한 부부를 만났다. 밖에는 긴 통나무가 쌓여 있고, 비닐하우스 안에는 사람 키보다 작게 자른 참나무가 빼곡하게 세워져 있었다. 표고버섯을 재배하는 것이었다. 내외가 버섯이 자라는 나무를 찬찬히 살피며 한 고랑씩 걸어다니는 모습이 흡사 백로의 쌍과 같아 보였다.

어렸을 적부터 이곳에서 살았다는 남편은 옛날 양평 장에 갈 때면 꼬불꼬불한 설매재를 걸어서 넘어가곤 했다고 한다. 지금은 차로 넘을 수는 있지만 길이 험해서 잘 안 다닌다고 했다. 버섯재배는 많은 시간 정성이 곁들어져야 하는 일이라서 날마다 살피며 인내심을 갖고 기다려야 한단다. 낯선 이의 말을 친절히 받아 주던 부부는 괭이의 흙을 닦으며 집으로 들어갈 채비를 하고 있었다.

주말이면 서울로 나왔다가 주 중에는 가평의 한적한 곳에서 일하는 생활을 하고 있어 시간이 날 때면 인근 마을에 무엇이 있는지 궁금해서 다녀 보았다. 건너편에서 보면 강변 마을이 아늑해 보이기도 했다. 그래서 그 마을로 이어지는 구불구불한 산길을 올라가서 강을 내려다보기도 하였다.

하루는 산을 내려가는 길가에 차를 세우고 해가 저무는 강변을 바라보고 있는데 갑자기 공중에 큰 새들이 모여들기 시작했다. 급한 일이라도 생긴 것처럼 빠르게 머리 위로 다가오며 휙휙 지나가기에 깜짝 놀랐다. 마치 나를 향해 날아오는 것처럼 느껴졌다.

새들은 근처의 잔솔밭 가지 위에 내려앉았는데 백로 무리였다. 그 수가 얼마나 많던지 순식간에 주변의 소나무를 하얗게 점령해 버렸다. 정신이 나간 사람처럼 멍하니 보고 있는데 뒤늦게 날아오는 새도 있었다. 마치 약속이라도 한 것처럼 그 많은 무리가 어떻게 같은 시간에 모여들 수 있는 걸까. 무엇으로 시간을 알고 찾아오는 건지 참으로 신기했다.

근처에 사람이 있다는 것을 눈치 챈 새들이 경계하는 모습이었다. 나는 조용히 발길을 돌려 차를 몰고 산을 내려갔다. 그리고 다음날도 같은 시간에 그곳을 찾아가 보았다. 백로 떼가 모여드는 모습이 너무나 인상적이어서 그 광경을 다시 보고 싶었다. 새들이 잘 보이지 않는 멀찌감치 차를 세우고 안에 앉아서 지켜 보니 높은 산을 넘어서 오기도 하고 강 건너에서 날아들기도 했다. 사방에서 날아온 새들이 자신들의 보금자리 몇 그루의 나무 위에 빼곡히 앉았다.

저녁에 저희들끼리 모여서 자는 새들 중에는 비둘기도 있다. 고향 마을에서 본 것인데, 산에 있던 비둘기가 해질녘에 대나무 숲으로 날아드는 것을 자주 목격했었다. 우리 집이 대밭 뒤쪽에 자리하고 있어서 비둘기가 마을의 대나무 밭으로 휙휙 날아드는 것이 잘 보였다. 십여 마리씩 줄지어서 날아와 나뭇가지에 앉느라 푸드득거리는 소리가 들렸었다.

함께 잠을 자는 것을 보면 새들도 모여 있으면 위로가 되는 모양이다. 서로를 보호하고 돕는 모양이다. 그들만의 언어로 소통하면서 밤에 지낼 곳을 서로 알리는 것 같다. 백로도 외로움을 타는 걸까. 어쩌면 힘들고 외로워서 모여 사는지도 모를 일이다. 함께 살면 의지가 되는 것은 사람뿐만이 아닌 듯싶다.

어머니의 오사카 여행

사람들은 익숙해진 생활방식에 따라서 행동하게 된다. 낯선 곳의 새로운 문화에 적응하기 전까지는 그렇게 되기 마련이다. 여름휴가를 맞아 8순 노모를 모시고 일본 오사카로 여행을 떠났다. 오사카에는 여동생이 살고 있는데 어머니는 딸의 집을 방문하고 싶어 하셨다. 외국으로 딸을 시집보내 놓고 쉽게 찾아갈 수 없는 안타까움이 늘 있으신 것 같았다.

몇 번의 일본 여행을 경험한 터라 어머니는 시종 차분한 모습이었다. 오히려 내 쪽에서 약간의 긴장을 하고 있었는데 서툰 일본말을 해야 하는 부담 때문이었다. 어머니는 아들이 일본말을 곧잘 한다고 생각하며 마음을 놓고 계신 것 같았다.

관서關西공항에 도착하자 매제妹弟가 마중을 나왔다. 한국에서 몇 개월 생활한 적이 있는 그가 "오시느라고 수고하셨습니다."라며 인사를 하기에 한국말을 잊지 않고 있는 것이 고마웠다. 일상에서 사용하지 않는 외국어를 기억하여 말로써 표현하기란 쉬운 일이 아니다.

그런데 한국말을 자연스럽게 하니 나의 부담이 크게 줄었다.

공항에서는 전철을 이용하게 되었다. 공항이 섬에 있는 관계로 전차는 다리로 연결된 길을 건너서 갔다. 맑은 날씨 덕분이었을까, 도시가 깔끔해 보였다. 가까이의 집들이며 거리는 다소 이색적이었지만 넓은 도시 풍경은 서울과 별반 차이가 없었다. 도로의 차들이 한국과는 반대방향의 차선으로 주행하는 것이 낯설게 느껴졌다.

시내 중심부로 들어섰을 때, 매제가 오사카 야구장을 손으로 가리켰다. 챙이 달린 모자 모양의 야구 돔구장 건물은 멀리서 봐도 예술작품 같았다. 그것이 오사카에 대한 나의 첫 인상으로 강하게 자리를 잡았다. 자신이 살고 있는 도시에 보여 주며 자랑할 만한 것이 있다는 것은 기분 좋은 일이다. 매제는 야구를 좋아해 종종 경기장을 찾기도 한다고 했다.

오사카 역에서 국철로 갈아타고 다카쯔키高槻로 가는데 붐비지는 않았지만 빈자리가 없었다. 나는 연로하신 어머니가 서 있어야 하는 것이 마음에 걸렸다. 우리보다 한 발 앞서 차 안으로 들어선 할머니들은 자리에 앉았다. 빈자리가 하나 있었고 그 옆에 앉아 있던 젊은 여성이 일어나며 양보를 했기 때문이다.

자리에 앉은 할머니들은 양보를 해 주고 앞에 서 있는 여성에게 몇 번이나 고개를 숙여 고마움을 표했다. 자리는 하나를 양보 받았는데 두 사람이 함께 인사를 하는 것이었다. 상대방에게 고마운 마음을 잘 전하는 일본사람 특유의 모습을 가까이에서 볼 수 있었다.

전차 안에는 서 있는 사람이 몇 안 되었다. 매제와 나는 어머니가 서서 가야 하는 것이 죄송해 자리가 날만한 곳을 관심 있게 살피고 있었다. 바깥에 볼거리 풍경이 펼쳐져도 나는 빈자리를 살피느라 자세히 보지 못 했다.

한 구간을 지나자 나란히 앉은 할머니들 옆 손님이 내렸다. 그러자 두 할머니는 자신들에게 자리를 양보해 주고 서 있는 젊은 여성에게 앉으라고 권했다. 그런데 그 여성은 앉지 않고 망설이고 있었다. 연세 드신 할머니가 곁에 서 있는 것이 마음에 걸리는 모양이었다.

그 사이에 어머니가 그 빈자리로 다가가서 살며시 앉으셨다. 서울에서 지하철을 이용할 때 옆 사람을 그다지 의식하지 않고 가서 앉는 할머니의 모습 그대로였다. 그 전동차 칸에서 어머니는 연세가 높은 편에 속했으므로 젊은 여성에게는 미안하지만 어머니가 자리에 앉은 것이 잘 되었다는 생각이 들었다. 어머니도 우리의 마음을 읽고 눈치껏 앉으신 것 같았다.

그런데 그 뒤 전혀 예상하지 못한 일이 일어났다. 앞 사람에게 앉으라고 권하던 두 할머니는 빈자리에 다른 사람이 와서 앉게 되자 당황했다. 그리고 서 있는 젊은 여성을 향해 자리에서 엉덩이가 떨어질 만큼 일어섰다 앉으면서 "고멘나사이!(ごめんなさい)"라는 말을 연속으로 하며 허리를 굽혔다. 일본말 '고멘나사이'는 '죄송합니다'의 뜻이다. 할머니들이 젊은 여성에게 그토록 미안해하는 모습은 예상 외의 일이었다. 두 분이 계속 같이 행동하는 것으로 보아 자매지간 같았다.

나는 이것이 평소 일본인들의 생활모습이구나 하는 생각을 하게 됐다. '내가 나서서 양해를 구한 뒤에 어머니를 앉도록 했어야 하였나?' 하는 생각도 들었다. 그렇게 하지 못한 것이 부끄럽게 느껴질 만큼 일본 할머니들은 자신들이 잘못이라도 한 것같이 행동했다. 일본의 생활문화를 전혀 알지 못한 어머니도 옆 사람의 언행에 부담이 되셨을 것이다. 그런데도 아무런 표정 없이 점잖게 앉아 계셨다. 예의에 크게 벗어난 일을 한 것이 아니므로 적당히 모른 척하시는 것이었다.

나는 상대를 향한 배려심이 그토록 지극한 분들이 자리를 양보해 준 젊은 여성만 눈에 보이고 그 옆의 노인은 보이지 않는다는 말인가, 도움을 받았으니 그것을 되돌려 주려고 하는 마음은 이해되지만 방법이 꼭 그래야 한다는 것에 공감이 되질 않았다. 생각이 여기까지 미치자 그다지 미안해 할 일이 아니라는 생각이 들었다. 빈자리에 대한 권리가 그 할머니들에게 있는 것도 아니고, 연세 많은 분이 서 있는데 배려의 마음을 갖지 못하는 그들의 자세도 잘 한 것은 아니다. 그래서 나는 미안하던 마음이 서서히 사라졌다.

집에 도착하여 전철에서 되어진 일을 이야기하였더니 동생은 배꼽을 잡고 웃었다. 옆 사람들이야 젊은 사람에게 미안해하거나 말거나 손가방만 만지작거리며 꼿꼿이 앉아 있던 어머니의 모습이 떠올라 나도 웃음이 났다.

백조의 비상

　가평의 어느 학 사진 전시장에 들러서 구경을 하고 서울로 향하던 중에 양수리를 거쳐서 가게 되었다. 쉬어갈 겸 호숫가 주차장에 차를 세우고 문을 여는데 '구~ 구르륵!' 하는 굵직한 새 소리가 들렸다.

　그 순간 직감적으로 겨울철새인 학일 수 있겠다는 생각이 들어 귀를 쫑긋 세웠다. 학 사진 전시장을 다녀오는 길이라 관심이 그쪽으로 기울어 있었던 것이다. 소리가 들려오는 곳은 호수 저편이었다. 그곳은 연 밭이었는데 남한강과 북한강이 서로 만나는 곳에서 벗어난 지점이었다. 호수의 수면은 살얼음으로 덮여 있고 그 위로 솟아 오른 연 대가 누렇게 말라 볼품없이 꺾여 있었다. 넓은 호수 가득 삐죽삐죽하게 솟은 연 줄기는 무질서 그 자체였다. 그런데 그 모습이 오히려 겨울 풍경의 멋진 그림 같았다.

　안개가 자욱해 호수 건너편은 잘 보이지가 않았다. 수면에 낮게 깔린 안개 위로 산이 흐릿하게 보였다. 가만히 서서 안개 속을 유심히 살피는데 물 위에서 떼로 움직이는 것이 있었다. 녀석들이 물을 휘젓는 소리가 가깝게 들렸다.

목을 축이려고 편의점에 들렀다. 거기서도 새 소리는 또렷했다. 그것을 매일 들었을 것이라는 생각에 점원에게 무슨 새의 소리냐고 물었다. 그러자 '백조'라고 했다. 물 한 병을 사서 들고 다시 호숫가로 향했다. 그곳엔 산책하기 좋도록 길을 잘 만들어 놓아 관광객의 편의를 제공하고 있었다. 사람들이 많이 찾는 두물머리와 가까이에 있어 이용객이 제법 될 듯싶었다.

걷다 보니 앞 쪽에 사람이 쪼그리고 앉아 있었다. 카메라를 세워 두고 조용히 앉아서 기다리다가 좋은 그림이 될 상 싶을 때 촬영을 하는 것이었다. 그는 지역의 사진작가였다. 기다란 카메라 렌즈를 갖고 있는 것으로 보아 장비를 제대로 갖추어서 나온 사람이었다.

새가 뚜렷하게 보이지는 않았지만 개체 수를 헤아릴 수 있을 만큼 안개가 걷히고 있었다. 30여 마리는 족히 될 것 같은 백조의 무리는 한 곳에서만 움직이고 있었다. 물에서 먹이를 찾고 있는 것을 보니 두루미와는 다르다는 것이 느껴졌다. 겨울철새 두루미가 떼를 지어 찾아온다면 그것 또한 뉴스에 나올 법한 일이다.

'구르륵~, 구르륵' 하는 저음의 소리는 여러 마리가 한꺼번에 내는 새 울음이었다. 물을 헤치며 노는 것을 보니 오리 같기도 했다. 녀석들이 학처럼 멀리 날아갈 수 있을까 하는 생각을 하며 좀 더 지켜보게 되었다. 우아한 자태를 뽐내며 날아가던 전시장의 학 영상이 떠올랐다.

호수 가에는 겨울철새 보호 안내판이 세워져 있었다. '본 지역은 겨울 철새 고니 서식지역으로 야생동물을 놀라게 하거나 쫓는 행위를 삼가 주시기 바랍니다'라는 양평군에서 세운 표지판이었다. 새들은 오리과의 고니 즉 백조였다. 멀리 어딘가로부터 날아 온 백조 무리를 겨울 호수에서 보게 된 것이 행운이라는 생각이 들어 안개가 걷히기만을 기다렸다.

모자를 눌러쓴 채 새를 살피고 있는 사진작가에게 고니가 겨울에 자주 날아오는지를 물었다. 그러자 초겨울에 왔다 간 뒤로 오지 않더니 두 달여 만에 다시 찾아오기 시작한 것이라고 했다. 백조가 오는지 살피기 위해 매일 나와 보곤 했다고 하였다.

안개가 있어서 촬영이 쉽지 않겠다고 하였더니 뜻밖에도 "이런 날 좋은 사진을 건질 수 있다."고 말하는 것이었다. 나는 작가다운 말에 동감을 표했다. 일상적이고 당연한 풍경을 선명하게 찍는 것보다 베일에 가려진 듯 신비감을 느낄 수 있는 작품이 더 멋질 것이라는 생각이 들었다.

인생도 치열한 삶의 현장에서는 생활이 늘 힘든 법이다. 그러나 시간이 지난 뒤 되돌아보는 희미한 추억 속의 지난날은 가슴 아팠던 일들조차 아름답게 느껴지기도 한다. 차가운 물에서 먹이를 찾기 위해 분주히 움직이는 백조의 모습은 삶의 현실이다. 그 처절한 모습이 뚜렷하게 보이지는 않지만 고니도 최선을 다해 흐린 물속에 머리를 넣어서 먹이를 찾을 것이다.

호수 이쪽은 살얼음판인데 저편은 얼지 않은 것으로 보아 물살이 있는 모양이라 생각하고 있는데, 갑자기 빗방울이 듣기 시작했다. 그러더니 순식간에 굵은 빗줄기가 쏟아졌다. 사진작가도 부랴부랴 장비를 거두기 시작하였다. 그때 '후두두둑~' 하고 고니 떼가 날개짓을 하면서 날기 시작했다. 약속이라도 한 듯이 한 무리가 안개를 뚫고 점잖게 솟아올라 다산 기념관 쪽으로 날아갔다. 수십 마리가 횡렬을 이루어 나는 모습이 장관이었다. 백조가 먼 거리를 잘 날아가는 새라는 것을 처음으로 목격했다. 갑자기 일어난 일이라 감동적인 그 풍경을 멀뚱하게 서서 바라볼 수밖에 없었다. 그런데 잠시 뒤 나머지 무리가 또 다시 '후두둑~, 후두두둑' 하면서 물을 박차고 날아오르기 시작했다. '백조의 비상'은 비를 맞으면서도 핸드폰을 꺼내어 사진을 찍게 만들었다.

얼음밭 꼬꾸라진 연 줄기 가득한 곳에 자욱한 안개, 그 위로 낮게 줄을 지어서 날아가는 백조의 비상은 핸드폰 카메라로 담기엔 너무 아까운 장면이었다.

썰 매

한겨울인데도 큰 추위가 없다는 말이 돌더니 구정 세밑 한파가 몰아쳐 개울물이 온통 얼어붙었다. 청평의 북한강 인근을 지나는데 빵모자를 쓴 학생이 얕은 강가의 얼음 위에서 스케이트를 타고 있었다. 그 모습에 어린 시절이 생각나 차를 세우고 지켜보았다. 조심스럽게 타는 것을 보니 스케이트에 익숙하지 않은 모양이었다.

그날 저녁 양평 철인 아이스맨 대회에서 얼음 구멍으로 들어간 40대 여성이 나오지 못해 익사하는 사고가 발생했다는 뉴스를 접하고 낮에 본 학생이 생각나 가슴 철렁했다. 훈련을 많이 한 사람이라 하더라도 추운 얼음물 속으로 들어가는 것은 위험한 일이 아닐 수 없다.

얼음 속으로 빠지는 경우가 간혹 있다는 말을 어렸을 때부터 들어왔다. 고향마을 앞에는 큰 저수지가 있는데 그 얼음 위에서 놀겠다고 하면 어머니는 주의를 당부하곤 했었다. 저수지 가운데는 섬같이 솟은 둥근 땅이 있고 큰 물푸레나무가 자라고 있었다. 고목이 저수지 가운데 서서 사방을 지키는 모양을 하고 있었다. 이 마을을 못 연 淵자를 따서 연동淵洞이라 하였으니 저수지는 마을의 상징인 셈이다.

청소년 시절 마을 저수지로 나가서 자주 놀았다. 봄 가을에는 대나무로 낚싯대를 만들어 어른들 틈에서 물고기를 낚았고, 여름에는 위험하다고 하는데도 수영을 하는 아이들이 있었다. 그러다가 겨울이 되어 두꺼운 얼음이 얼면 썰매를 타고 친구들과 재미있게 놀았다.

동네 아이들은 중학생만 되어도 썰매를 직접 만들어서 탔다. 혼자서 만들기가 버거우면 이웃집 형에게 부탁을 하기도 했다. 팔뚝만한 굵기의 매끈한 나무를 한 자 길이로 자른 다음 두 개를 어깨 넓이로 나란히 벌려놓고 그 위에 판자를 걸쳐서 못을 박으면 사람이 올라앉을 수가 있었다. 발이 앞으로 밀려 나가지 않도록 앞에 판자 조각을 세워 붙이고, 앉았을 때 넘어지지 않도록 발뒤꿈치 닿는 부분에 나무를 하나 더 대어 놓으면 뒤가 높아 앉기가 편했다.

낫자루 같은 나무 가지를 잘라서 그 끝에 송곳처럼 뾰족한 못을 박으면 썰매의 지팡이가 되었다. 양손에 지팡이를 들고 썰매 위에 올라앉아 빙판을 내려찍어서 뒤로 밀면 썰매는 앞으로 미끄러져 나갔다. 그렇게 손을 부지런히 움직이면 썰매는 속력을 내었다. 양손의 지팡이는 썰매의 방향을 조절하거나 멈추게 할 때도 사용되었다.

저수지에 해마다 얼음이 두껍게 어는 건 아니었다. 얼음이 얇을 때는 썰매 타기가 위험해서 냇가로 나갔다. 저수지처럼 시원스럽게 달릴 수는 없어도 아이들이 재미를 붙여 놀기에는 충분했다. 냇가 빙판에는 여기저기 돌들이 솟아 있는데, 그것을 비켜 다니며 타는 것도 하나의 재미였다. 어떤 곳은 얼음이 여물지 않아 꺼지는 수도 있었는데 그럴 때면 신발이 물에 젖었다.

발이 시리면 냇가에 널브러져 있는 나뭇가지와 논에 쌓아둔 짚단을 뽑아 와서 불을 피웠다. 따뜻한 불을 쬐며 젖은 소매와 양말을 말리기도 했다. 얼었던 손이 녹으면 피부가 벌개졌다. 그렇게 몸을 녹인 후 다시 썰매를 탔다.

고향마을에는 썰매 타기에 좋은 곳이 또 있었다. 대밭 뒤 송씨宋氏네 종친 공동묘지 잔디밭이었다. 비탈진 그곳은 작은 초등학교의 운동장 넓이만 하였는데 산소 봉분은 몇 개 되지 않고 잔디가 많았다. 그래서 여름이면 공을 차는 운동장이 되기도 했고 겨울이면 얼음을 깔고 앉아 타고 내려가는 썰매장이 되었다.

단단한 얼음조각을 짚단 사이에 끼워서 들고 올라가 높은 곳에 내려놓고 깔고 앉으면 얼음은 경사진 잔디밭을 쏜살 같이 미끄러져 내려갔다. 속도가 빨라 어지러울 때는 양쪽 발을 쭉 뻗어 땅에 대고 적당히 속력을 줄여야 했다. 튼튼하지 않은 얼음을 타고 내려가다가 도중에 깨져서 옆으로 튕겨 나가기도 하였다. 그럴 때는 엉덩방아를 찧으며 넘어지기 일쑤였고 바지 엉덩이에 흙물이 배어 누렇게 되었다.

바지에 듬성듬성 붙은 지푸라기를 달고 잔디밭을 몇 번씩 오르락내리락 하다보면 지쳐서 배가 고팠다. 위험한 저수지에서 노는 것보다 마음이 놓이는지 어머니는 누런 바지가 되어서 돌아와도 나무라지 않으셨다.

요즘엔 예전같이 손으로 만든 썰매를 찾아보기가 어렵다. 빙판에서 속력을 내며 달릴 수 있는 스케이트가 아이들에게 훨씬 매력적이다. 신발이 달린 스케이트는 썰매와는 비교가 안 될 정도로 속력이 잘 난다. 얼음 위에서 재미있게 놀 수 있는 기구가 세련되게 바뀐 것이다.

하지만 어릴 적 썰매는 만드는 재미가 있었고, 친구들과 어울릴 수 있는 놀이기구가 되었다. 썰매를 타다 보면 바퀴 역할을 하는 철사가 빠지기도 했다. 그러면 언 손으로 주워서 다시 고정시켜야 했다. 단단하게 고정시키려고 못을 박다가 손톱이라도 내려 찧게 되면 그 아픔은 말할 수가 없었다. 그런데도 어울려 노는 게 좋아서 썰매를 탔다.

겨울이면 성급한 동심에 썰매를 들고 실하게 얼지도 않은 저수지의 얼음 근처를 기웃거리던 추억이 아련하게 떠오른다.

제 5 부

생활

"접수에 연두색 순이
돋기 시작했다.
대목과 접수가
서로 맥이 통해
새 생명이
탄생하고 있는 것이다."

쑥 뜸

쑥 향 가득한 방에 앉아 있으면 머리가 맑아지는 것 같다. 바닷가의 도시 여수에 '들풀'이라는 전통 찻집이 있다. 옹기로 구은 찻잔을 비롯해 산에서 직접 새 순을 따 말려서 만든 차를 팔고 있어 가끔 들르게 된다. 인상 좋은 L사장은 만나기만 하면 차 한 잔 하고 가라며 반긴다. 커다란 통나무를 켜서 만든 테이블 앞에서 찻잔을 기울이고 있으면 방 안에 쑥 향이 솔솔 났다.

요즘 주변에 쑥뜸 하는 사람들이 부쩍 늘었다. 도대체 뭐 하러 자기의 살을 태운단 말인가. 뜨거워하면서도 뜸을 계속하고 있는 모습을 보며 혼자 중얼거리곤 했다. 청평, 속초, 여수로 출장을 가게 되면서 현지의 쑥뜸 좋아하는 사람들을 심심찮게 만난다. 내게도 한 번 해 보라며 권하지만, 아예 도리질을 했다.

살다 보면 누구나 몸의 한두 곳 불편을 느낄 때가 있다. 마음이 강한 사람은 대수롭지 않게 넘기지만 소심한 사람은 당장 걱정부터 하게 된다. 이럴 때 민간 치료요법을 하는 경우가 있는데 쑥뜸도 그런 것이라는 생각이 든다. 건강이 나빠진 사람은 건강을 회복하기 위해서 뜸을 뜨고 건강한 사람은 그것을 지키기 위해서 하는 것이다.

쑥뜸을 뜨게 되면 연기가 많이 난다. 연기는 금세 거실에서 방으로 배어들어 창문을 열어 두어도 냄새가 쉽게 사라지지 않는다. 그런데 그 냄새를 사람들이 싫어하는 것만은 아니다. 어떤 이는 향기로 여겨 좋게 생각하는 경우도 있다. 나도 쑥이 타는 냄새가 싫지만은 않다. 하지만 침이나 뜸을 직접 해 보는 것에는 영 마음이 내키지 않는다.

스무 살 무렵의 일이다. 공을 차다가 발을 삐끗해 발목이 부어올랐다. 며칠 동안 걸을 수도 없을 정도로 아팠다. 병원에 가는 것이 용이치 않아 침을 맞으며 뜸으로 치료를 하게 되었다. 손가락 길이보다 긴 침을 몇 군데 놓더니 피를 뽑아내기도 하였다. 그 뒤로 침에는 잔뜩 겁을 먹게 되었다. 그러나 뜸을 꾸준히 한 덕분에 병원에 가지 않고도 발은 낫게 되었다.

지난 겨울, 알고 지내는 대학교수 한 분의 연락이 되지 않더니 2주일이 지나서야 전화가 왔다. 강원도 용평에서 학생들과 스키를 타다가 넘어져 인대가 파열되는 중상을 입고 강릉의 한 병원까지 엠블런스에 실려 갔었다고 한다. 응급 치료를 받고 학교로 가서 침과 뜸으로 병을 다스리고 있다는 것이었다. 연초라 준비해야 할 일이 많아 병원에 가게 되면 틀림없이 깁스를 하고 입원시킬 것 같아 한방 쪽을 택했다는 것이다. 일 욕심이 많은 분이라 병원에 입원해 있는 시간도 아깝게 생각한 것이다.

그리고 며칠 뒤 목발을 짚고 나타났기에 다친 부위를 살펴봤더니 표시가 나지 않을 정도여서 침과 뜸의 효험으로 차도가 있는 것이라고 생각했다. 그 후 다시 일주일이나 지나서 만나게 되었는데 얼굴 표정이 영 안 되어 보였다. 다친 부위는 퉁퉁 부어올라 있었다. 의아해 물었더니 뜸과 침을 과신하여 무리한 활동을 했다는 것이다.

추석 특집방송에 90세가 넘은 노老 침술인이 정정한 모습으로 TV에 나와서 쑥뜸의 효험에 대해 소개한 적이 있다. '나는 뜸과 침으로 승부한다'는 책까지 출판해 양의에 도전장을 내민 셈이었다. 그를 초청해 쑥뜸 강의를 듣고 실습을 해 보는 자리가 있었다. 그 자리에 내가 아는 여러 사람이 참석했고, 침과 뜸을 상당히 신뢰하는 편인 오吳 교수도 동참했었다.

나는 쑥뜸을 좋아하는 종교지도자 한 분을 자주 만난다. 그분도 올해로 구순인데 정정한 편이다. 십여 년 넘게 가까이에서 일하며 쑥뜸의 효험에 대해 강조하는 말을 여러 번 들었다. 그런데도 나는 한쪽 귀로 흘려 보냈다.

그런데 들풀에서 만난 여수 돌산의 지인知人 이야기가 인상적이었다. 노모를 모시고 사는데 쑥뜸을 계속 해 드렸더니 팔순 모친의 굽었던 허리가 펴지더라는 것이다. 뿐만 아니라 자신의 치질까지 나아지고 있다면서 효험을 힘주어 강조했다. 허튼 소리를 할 분이 아니기에 귀가 솔깃해졌다. 뜸은 혼자서도 손쉽게 할 수 있는 것이라며 팔, 다리, 배꼽 주변에 뜸자리가 그려진 종이 한 장을 건네 주었다. 쑥을 좁쌀만 하게 말아서 뜸자리에 세워 놓고 끝에 불을 붙이면 쑥이 불빛을 반짝이며 화약처럼 타들어 가는데 살에 닿을 때만 따끔하다는 것이다. 그의 말을 듣고 있으면 별로 어려울 것 같지 않았다. 그리고 쑥뜸이야 말로 병을 다스리는 좋은 치료수단이 될 것만 같았다.

근래에 책을 들고 있으면 가까이에 있는 글씨가 흐리게 보일 때가 있다. 안과에 가서 물었더니 나이로 인한 것이라며 별다른 치료방법이 없다고 했다. 그동안 눈이 좋다는 말을 많이 들어 왔고 지금도 멀리 있는 것은 잘 보인다. 그런데 유독 글씨를 읽을 때면 불편함을 느끼는 것이다.

그래서 요즈음 뜸을 한번 해볼까 하고 들풀에서 받아 온 뜸자리가 그려진 종이를 펼쳐놓고 찬찬히 살펴 보곤 한다. 독한 냄새의 쑥 향도 견딜 수 있을 것 같다. 돌산의 지인 이야기가 자꾸만 귀에서 맴도는 걸 보면 조만간 스스로 살을 태우는 고난에 기쁨으로 동참하게 될 것만 같다. (문학사계, 2010년 가을호)

접 목

감나무 배나무 사과나무 등의 유실수는 접목이 되어 자라야 제대로 된 열매를 맺을 수 있다고 한다. 좋은 과일을 바라는 인간의 처지에서 보자면 접목되어 잘 자란 나무가 더 가치 있고 소중한 게 사실이다.

암컷과 수컷 둘이 만나 새로운 생명을 탄생시키는 동물의 그 과정도 나무의 접목과 비슷하다는 생각이 들 때가 있다. 대목臺木과 접수接樹가 하나 되어 새 순을 탄생시키는 모습은 거룩하기까지 하다. 나쁜 습성에 물든 사람이 새로 접목되어져서 순한 사람이 될 수 있는 걸까?

3년 전 가을 목회자 모임에 자료수집 차 갔더니 모과 씨 세 개씩을 나누어 주었다. 큼직한 모과를 잘라 그 속에서 씨앗을 빼내어 모인 사람들에게 나누어 주는 것이다. 평소 모과나무를 집에 두고 싶었던 터라 씨를 종이에 싸서 집으로 가져 와 잘 보관했다. 그리고 새 봄이 되어 화분에 심었다. 화초가 아닌 나무라서 많이 자랄 것 같아

미美적인 것과는 거리가 있는 커다란 화분에 심어 두었다.

씨를 심어 놓고 싹이 돋기를 기다리는데, 영 소식이 없어 잊고 지냈다. 학교에서 꽃씨를 받아 온 초등학생 딸아이가 화분을 살피다가 연필 길이 만하게 자란 나무 두 그루를 보고 뭐냐고 물어 왔다. 생전 처음 보는 것이라 의아하게 생각하고 있는데 머리를 스치는 것이 있었다. 모과나무였다. 화분을 옥상에 두고 관심을 갖지 못한 사이에 싹이 나서 어느 새 그만큼 자라 있었던 것이다. 세 개를 심었는데 두 개만 순이 나 있었다. 얼마나 반갑던지, 그 화분에는 손을 못 대게 해 놓고 아이에게는 다른 화분을 준비해 주고 꽃씨를 심게 했다. 아이는 봉선화를 작은 화분에 정성들여 심었다.

모과나무는 가지와 잎이 튼튼하여 강해 보였다. 그리고 잘 자랐다. 관심을 갖고 보니 다른 화분의 꽃보다 더 사랑스럽게 느껴졌다. 내가 모과나무에 정성을 들이자 딸아이는 덩달아 자기의 꽃 화분에 애정을 쏟았다. 봉선화의 붉은 꽃잎을 따 모아 손톱에 물을 들이기도 했다.

여름이 지나자 모과나무는 아이 키만큼 자랐다. 이듬해 봄, 화분에서는 모과나무가 크게 자라지 못할 것 같아 화단으로 옮겨 심었다. 화단이래야 화분 서너 개 넓이의 담장 안쪽 조그마한 땅인데, 그래도 뿌리는 자유롭게 뻗을 수 있을 것 같아서였다. 그해 가을, 한 해를 더 자란 모과나무는 내 키를 훌쩍 넘었고 중심 줄기는 손가락만큼 굵어졌다. 너무 크게 자란 것을 보고 내심 접목 시기를 놓친 것 아닌가 하는 염려가 되었다. 그리고 봄을 맞았다.

올 봄, 접목을 해야겠다는 생각에 농장에서 일하는 지인知人에게 연락을 했더니 접수를 주겠다고 했다. 내가 찾아간 날 농장에서는 모과나무 접목작업이 한창이었다. 밭이랑에는 접목된 나무들이 빼곡하게 자리해 있고 모두 흰 비닐 테이프에 감겨져 있어 수술을 하고 붕대를 감아 놓은 것 같았다.

접수는 좋은 모과나무의 가지를 늦가을에 잘라 겨울 동안 저온 냉장고에 보관해 두었다가 다음 해 봄 작업 일주일 전에 밖으로 꺼낸다. 그리고 작업 당일에 약 십센티 길이로 가지의 아래 위를 자른 후 위쪽은 초를 녹여 살짝 바르고 아래쪽은 납작하게 깎아 대목에 접목을 시킨다. 위쪽 자른 부분에 초물을 바르는 것은 수분이 증발해 가지가 말라 죽는 것을 방지하기 위함이다. 접수에는 싹이 돋을 수 있는 눈이 반드시 있어야 한다. 보통 두세 개의 눈을 남겨두고 아래와 위를 자르게 되는데 그 눈에서 새로운 순이 돋는 것이다.

접목에는 눈접, 활접, 호접 등 여러 방법이 있는데 어떤 방식을 선택하더라도 대목과 접수에 수맥이 통하도록 도관과 사관을 맞추어야 한다고 했다. 그날 접수 두 개를 얻어 설명 들은 내용을 새기며 집으로 돌아왔다.

집에 도착하자마자 연장을 준비해 작업에 들어갔다. 손가락 굵기만한 나무를 작은 톱으로 자른 뒤 위에서 아래로 칼질을 하였더니 나무는 쪼개지듯 벌어졌다. 옆에서 보고 있던 딸아이는 나무가 죽을 것 같은지 울상을 하였다. 좋은 열매를 맺는 나무가 되려면 이런 과정을 거쳐야 한다고 설명을 하면서 접수를 납작하게 깎아 대목의 벌어진 틈새에 끼웠다. 대목에 비해 접수가 너무 가늘어 걱정되었지만 접목용 테이프로 칭칭 감아 야무지게 동여맸다. 아래 위 두 나무가 하나로 잘 붙어 주기를 바라면서….

열흘 가량 지나자 위의 접수에 연두색 순이 돋기 시작했다. 그 모습은 참으로 신기하고 감동적이었다. 대목과 접수가 서로 맥이 통해 새 생명이 탄생하고 있는 것이다. 딸아이는 나보다 더 환하게 웃으며 좋아했다.

기독교에서는 모든 사람이 원죄를 지니고 있다고 말한다. 그 원죄를 청산하지 않으면 거듭날 수 없다고 한다. 참 사람이 되는 데는 마음의 결심만으로는 안 되고 하나님을 믿어야 한다는 말인데, 이 말을 놓고 보면 사람도 접목이 되어야 하는 모양이다. (문학사계, 2009년 가을호)

타작마당

백운봉 아래 사나사舍那寺로 오르는 길가의 마당에서 촌로村老가 콩타작을 하고 있었다. 도리깨가 마른 콩대 위로 내리꽂힐 때마다 '착, 착'하고 소리를 내었고 콩알은 이리저리 사방으로 튀었다.

마을 어귀에 고목으로 서 있는 은행나무 단풍이 좋아 사진기에 담아서 돌아서려던 참인데 정겹게 들리는 도리깨질 소리가 발길을 붙들었다. 칠순 가까이 돼 보이는 할아버지의 도리깨질은 거세게 내려쳐지다가 자근자근 두드려지곤 하였다. 푸른 갑바를 아래 펼쳐 놓고 그 위에 콩대를 올려서 말리다가 타작을 하는 것이었다. 푸석하게 부풀어 있던 것들이 매서운 도리깨에 몇 차례 얻어맞고는 착 엎드려 숨을 죽이고 있었다.

콩깍지를 박차고 튀어나온 노란 콩알들이 말간 얼굴로 자기의 주인을 쳐다보고 있는 것 같았다. 그러거나 말거나 주인은 연신 매질을 해댔다. 혼자서 두드리는 도리깨질은 왠지 쓸쓸해 보였다. 뻣뻣한 도리깨를 잡은 손이 콩대처럼 꺼칠해 보였다.

지나가는 사람이겠거니 생각하였는데 지켜보고 서 있는 것이 부담이라도 된 것일까. 하던 일을 멈추고 수건으로 땀을 닦았다. 반백의 머리 위로 바람이 지나가자 꼬부라진 머리카락들이 춤을 추었다.

마을에는 이제 오래 전부터 살던 사람은 몇 안 되고 타지의 사람들이 땅과 집을 사 놓고 여유 시간이 날 때마다 다녀간다고 했다. 토박이들은 서울 사람들이 사 놓은 논밭을 빌려서 농사를 짓는 경우가 많고 자기 땅을 가지고 있는 사람은 얼마 되지 않는다고 했다. 결혼을 한 뒤 이곳에 정착해 살게 되었다는 할아버지는 지나간 세월이 그리운 듯 뾰족하게 솟은 백운봉 꼭대기로 시선을 두고 있었다.

도리깨를 가만히 살펴보니 어렸을 때 시골에서 보던 것과는 사뭇 달랐다. 자루는 대나무가 아닌 알루미늄 파이프로 되어 있고 손바닥같이 생긴 도리깨 열은 플라스틱이었다. 대나무를 쪼개어 깎아 엮어서 만들던 것이 지금은 금형으로 찍어 내는 모양이다. 시대가 바뀌어 기술이 좋아지니 농기구도 새로워졌다. 그러나 예전의 정겨움 같은 것은 느낄 수가 없었다.

도리깨 자루를 들고 있자니 고향 들판에서 보리타작하던 때의 장면이 아련히 떠올랐다. 힘든 도리깨질도 보리타작을 할 때가 제일 흥겹다. 도리깨질은 여러 사람이 둘러서서 해야 힘이 덜 든다. 농로農路가 좁아 리어카조차 다니기 어렵던 시절 보리타작은 주로 들판에서 했다. 타작을 하기 위해서는 마당을 정성들여 닦아야 하는데 그 일을 할 때면 학교에 다녀온 아이들도 한몫을 거들었다. 큰집과 작은집 사촌들이 고만고만하여 우리는 몰려다니며 놀기도 하고 때로는 어른들의 일을 곧잘 돕기도 하였다.

타작마당은 보리를 베어 낸 논들 중에서 큼직한 논배미에 자리를 잡게 된다. 마당이 될 만큼 보리 그루터기를 손으로 뽑아 내야 하기에 우리는 작은 손을 재빠르게 놀리며 그 일을 하였다. 그리고 자근자근 밟아서 땅을 다졌다. 논바닥이 말라 잘 다져지지 않을 때는 주전자로 물을 뿌리면서 다져야 했다. 맨발로 말랑말랑한 논바닥을 밟고 다니면 참으로 느낌이 좋았다. 아이들은 신이 나서 뛰기도 했다.

그렇게 마당이 완성되면 한나절쯤 말린 다음 그 위에 보릿단을 올려놓고 타작을 시작하게 된다. 힘이 센 어른이 앞에 서고 그와 마주 보며 두 세 사람이 나란히 서서 보릿단을 사이에 두고 두드린다. 서로 박자를 맞추어 내리치는 도리깨 소리가 들판에 울려 퍼졌다. 허리가 아플 때는 소리를 먹이며 두드리게 되는데 둔탁한 도리깨 소리와 '흐이야, 흐이야~!' 하며 뜻 없이 내는 소리가 어우러져 애잔한 음악이 되었다.

두드리는 박자를 잘 못 맞추면 앞 사람의 도리깨 위를 내리치게 되어 살이 부러지기도 했다. 뙤약볕 아래서 도리깨질을 할 때면 땀이 비오 듯했다. 까시레기가 날아와 목덜미에라도 붙으면 별스럽게 깔끄러웠다. 그렇다고 박자를 늦추거나 멈추어서는 안 되는 것이 도리깨질이었다.

처음 한 마당을 털어 내고 나면 보리알들이 마당에 빼곡히 박히게 된다. 한 알의 곡식도 아까울 것인데 농부들은 그것을 내어주는 마음의 여유를 가지고 있었다. 나중에 꿩이나 비둘기 떼가 날아와 타작마당에서 먹이를 찾을 것이다.

보릿단을 안아서 옮기다 보면 알이 들지 않고 병들어 새까맣게 된 깜부기가 있었다. 우리는 그것을 뽑아 들고 다른 아이 앞에서 '후~' 하고 불어 시키면 가루가 눈으로 날려가게 장난을 쳤다. 그러다가 배가 고프면 깜부기를 입으로 가져가 먹어 보기도 하였다. 그런데도 별탈이 없었다.

햇살이 쨍쨍한 날 타작을 해야 알이 잘 털려나갔으므로 땀을 흘린 뒤에는 농주 한 사발을 들이키며 힘을 얻었다. 농사의 마지막 결실을 보는 날이기에 타작마당은 축제의 장처럼 즐거움이 넘쳤다.

요즘은 돈이 되지 않는다고 보리농사를 짓는 곳이 많지 않다. 수고한 것에 비해 수익이 적기 때문이다. 벼농사도 힘들다며 젊은이들은 도회지로 떠나 버린다. 그래서 그런지 이웃도 떠나고 자식들도 멀리 가 버린 작은 마을 길가에서 혼자 내리치는 노인의 도리깨질 소리가 애잔하게 들렸다. (문학사계, 2009년 겨울호)

그 날

기다란 나무젓가락으로 외할머니의 유골을 잡은 딸아이의 손이 떨리고 있었다. 몇 조각 뼈로 변해서 나온 어머니를 바라보며 아내는 눈물만 흘리고 서 있었다. 열기가 남아 있는 화롯가에 둘러서서 가족은 고인의 유골을 수습했다. 두 사람이 뼈 한 조각을 젓가락으로 함께 집어서 유골함에 넣었다. 모여 선 가족이 차례로 엄숙하게 유골을 수습하는 동안 말을 건네는 사람이 없었다. 하얀 뼛조각이 함속에 차곡차곡 쌓이자 안내원이 포장으로 마무리를 했다. 유족은 함을 들고 차에 올랐다.

차가 화장터를 서서히 빠져 나가는 동안 산 위로 흰 구름이 두둥실 떠 가고 있었다. 산은 온통 묘지였다. 그 위로 커다란 구름이 천천히 흘러 가고 있었다. 구름은 석양빛을 받아 밝게 빛나고 있었다. 무리에서 한 조각의 구름이 뚝 떨어져 따로 흘러갔다. 구름은 자꾸 모양을 바꾸었다. 바위 형상이었다가 동물 모양을 만들기도 하고, 산 같았다가 집 모양을 이루기도 했다. 모였다가 흩어지고 다시 만나는 그 과정이 자연스러웠다.

앞을 보지 못하는 장모님은 늘 흰 지팡이에 의지해 걸었었다. 어
딜 가나 지팡이를 들고 다녔기에 그것은 길 안내자인 셈이었다. 지팡
이가 없으면 길을 나서지 못 했고 도중에 놓치기라도 하면 반드시 찾
고서야 앞으로 나아갔다. 언제나 조심스럽게 걸으시는 장모님이 길
아래 언덕에서 발견된 것은 충격적인 일이었다. 위에서 떨어진 것이
라면 상처라도 크게 있을 법한데 머리 부분의 외상은 전혀 보이지
않았다.

장모님은 원래 앞을 못 보는 분이 아니었다. 처음 처가에 갔을 때
장인 장모님과 교토京都로 여행을 간 적이 있다. 고찰古刹을 둘러보면
서 자세한 설명을 해 주는 모습이 자상했고, 세심한 배려가 있으셨
다. 그 뒤 녹내장으로 눈이 점점 나빠져 가는데도 그것을 비관적으
로 받아들이지 않으셨다. 그때부터 컴퓨터를 배우러 다녔고, 단체의
총무일을 보셨다. 그래서 앞을 잘 보지 못하는 친구가 많았다. 가라
오케도 가고 외식도 하였으며, 혼자 병원도 다니셨다.

사람이 눈으로 사물을 관찰하며 살아가지만, 눈을 통해 아는 것
은 제한적이게 마련이다. 사람의 눈은 자기 앞의 사물밖에 보지 못
한다. 그런데 보고도 기억하지 못하는 경우가 허다하다. 그것을 보면
사람은 완벽한 존재가 아니며, 때로는 한없이 우둔한 존재이다. 그래
서 서로 돕고 위하며 살아야 하는 모양이다. 내가 보지 못한 것을 동
료가 알려 주고, 동료가 놓친 부분을 내가 보완해 주는 서로에게 배
려가 필요한 것이다.

친구 중에 권이안이라는 이가 있다. 그는 열일곱 살에 시력을 잃었다. 그래서 수십 년을 보지 못한 채 살아가고 있다. 그런데도 성격이 참으로 밝고 긍정적이다. 새벽이면 혼자 집에서 교회까지 걸어서 기도하러 다니는데, 신앙심이 여간 깊은 분이 아니다. 1킬로미터나 될 거리를 혼자서 다닌다. 그뿐만 아니라 웬만한 곳은 혼자서 찾아가니 참으로 용하다. 그런 그와 식사를 하며 이야기를 나누다 보면 어떤 때는 실제로 본 사람 이상 상황을 잘 기억해 깜짝 놀란다. 그것을 보면 사물을 눈으로만 보는 것이 아니라 마음으로도 보는 모양이다.

장모님의 영결식장에 흰 지팡이를 든 20여 명의 친구들이 찾아와 눈물 흘리는 모습을 보았다. 얼굴 부분만 관의 뚜껑을 열어서 고인을 볼 수 있게 해 놓았는데, 그들도 그 앞에 다가서서 작별 인사말을 하였다.

어쩌면 사람은 장님과 같은 속성을 가졌다고 할 수 있다. 눈으로는 보되 마음으로 보지 못하는 장애를 가진 것이다. 눈으로 본 것이 다인 양 말하며 살지만 그것이 얼마나 제한적인가! 마음의 세계는 또 얼마나 넓은가. 자신이 아는 것과 본 것에 한계가 있음을 알고 겸손해질 때 인간관계가 편안해지는 것이리라.

어딜 다녀오다가 권이안 씨를 집 앞 골목 입구에 내려 준 적이 있다. 매일 다니는 곳이라 여기서는 눈감고도 찾아갈 수 있다는 농담까지 하기에 안심하고 차를 세웠다. 그런데 어찌된 영문인지 내려서는 90도 다른 방향으로 걷기 시작했다. 운전대를 잡고 있었기에 바로 달려 나갈 수가 없어 조금 더 지켜보고 있는데 쉽게 방향을 틀지 못

했다. 보이지 않는 이에게 방향을 돌려 잡는 일이 얼마나 어려운 것인가를 새삼 느꼈다.

장모님은 딸을 외국으로 시집 보내 놓고 염려가 되는지 자주 전화를 주셨다. 딸의 사는 모습을 보려고 몇 번 다녀가기도 하였다. 그땐 시력이 아주 나쁜 건 아니었다. 그 후 점점 눈이 나빠지고 있다는 이야기를 들으면서도 안타까운 마음만 가졌을 뿐 어찌 해 드리지 못했다. 8순이 가까운 연세에 지팡이를 짚고 더듬거리며 친구를 만나는 일이 얼마나 외로우셨을까. 그러면서도 괜찮다며 멀리 있는 딸 걱정을 했었다.

후끈한 열기의 화로 속으로 보내 드려야 할 시간이 되었을 때, 어머니의 얼굴을 마지막으로 보면서 아내는 "고마웠어요 엄마! 잘 가요!"라며 울먹였다. 그 모습이 참으로 애잔하게 느껴졌다. 일본의 화장장은 유족이 직접 고인을 화로 위에까지 올리고 얼굴을 보며 작별 인사말을 전할 수 있게 되어 있었다. 그곳에서 소리 내어 울거나 몸부림치며 슬퍼하는 모습은 볼 수가 없었다. 속으로 슬픔을 삼키며 조용히 고인을 보내 드리는 것이었다.

사후 세계에 대한 이해가 종교마다 다르지만 사람은 자신이 온 그 세계로 돌아가는 것이라고 믿는 곳도 있다. 가족은 같은 곳에서 왔기 때문에 이승의 삶을 마치게 되면 다시 그곳으로 돌아가서 만나는 것이라고 한다. 그날은 반드시 오는 것이므로 사람은 이승에서 영원히 살 수 없다고 한다. 그날 그곳으로 돌아가 가족을 다시 만나게 될 때 아름다운 영혼의 모습이기 위해서는 자연의 순리를 따라 순하게 살아야 한다. 순하고 정직하게 산 사람의 영혼은 밝게 보인다는 것이다. 그런데 요즘 부모들은 험한 세상을 살아가려면 순해서는 안 된다고 자식 교육을 하고 있으니 어찌해야 좋을지 알 수가 없다.

구름 같은 인생이라는 말이 있다. 한 세상 삶이 덧없음을 이르는 말이다. 백 년의 삶도 잠깐이라면 살면서 서로에게 많은 배려를 하며 살아야 하지 않을까. 영원히 산다는 종교적인 말은 순리에 따라 순수하게 살 때 의미가 있는 것이리라! (월간문학, 2012년 10월호)

맥주 한 잔

　병원 응급실로 향하는 동안 '쿵 쿵!' 하는 무거운 느낌의 통증이
계속됐다. 지나온 날들이 머리를 스쳐 지나갔다. '이제 어떻게 되는
것인가' 하는 불안한 생각마저 들었다. 심각한 상태라고 하더라도 어
쩔 수 없는 일이었다. 통증은 점점 나를 압박하고 있었다. 정신은 말
짱하였으므로 어서 응급실에 도착하였으면 하는 마음이었다.

　이제는 일을 그만두어야 할지 모른다는 생각이 들었다. 그렇더라
도 하던 일이 잘 인계되었으면 하는 바람이었다. 긴 시간은 아니었지
만 병원에 도착할 때까지의 머릿속은 복잡했고 통증은 장난이 아니
었다. 차 안 의자에 누워 혼자 관리해 오던 통장을 아내에게 설명하
였다. 제대로 이해를 하지 못 하였을 터인데도 아내는 대답이 시원시
원했다.

　차가 응급실 앞에 도착하였는데도 나는 내려서 걸을 수가 없었다.
아픈 배를 감싸며 주저앉자 바퀴가 달린 나지막한 침대를 사람들이
밀고 다가왔다. 체면 불구하고 나는 옆으로 엎어지듯 누워 버렸다.

덜덜거리며 바퀴 굴러가는 소리가 들렸다. 병원 특유의 알코올 냄새가 코로 스며들었다. 의사가 청진기를 들고 다가와 배를 만졌다. 이토록 심하게 아픈데 손바닥으로 몇 번 만져서 알 수가 있을까 하는 생각이 들었다.

추석날 밝은 표정으로 찾아온 친지들과 둘러앉아 즐거운 시간을 보내던 중에 일어난 일이었다. 느닷없이 일어난 나의 복통으로 손님맞이는 엉망이 되고 말았다. 오랜만의 만남은 정신 없게 돼 버렸고 서둘러 가까운 병원을 찾아갔던 것이다. 하지만 처음에 찾아간 병원에는 응급실이 없었다. 그래서 더 큰 병원으로 이동을 해야만 하였다.

그날 아침부터 아랫배 부위의 느낌이 묘했었다. 아픈 것은 아니었지만 몸이 무거웠다. 차례를 지내고 나자 누님이 조카들을 데리고 어머님을 뵙기 위해 찾아왔다. 동생네 가족도 함께 와 있었다. 그때까지는 몸에 그다지 신경을 쓰지 않았다. 고향에서 살던 때의 이야기로 시간을 보내고 있는데 아랫배에서 '욱씬' 하며 통증이 시작됐다. 속으로 '이게 뭐지?' 하는 생각이 들어 손님들을 뒤로 하고 살며시 작은방으로 들어갔다.

통증은 금세 점점 심해졌다. 겁이 덜컹 났다. 체면을 생각할 여유가 없었다. 눈치가 빠른 아내가 다가오며 왜 그러냐고 물었다. 배가 이상하다고 하자 그 이야기는 큰 방에 둘러앉은 사람들에게 전해졌다. 통증을 참아 보려고 하였으나 견딜 수가 없었다. 순식간에 '아~!' 하는 말이 입에서 튀어나왔다. 긴장과 함께 이마에 식은땀이 돋았다. 그래서 급하게 병원으로 가게 된 것이다.

응급실에 누운 나를 청진기로 짚어 보던 의사가 요로결석인 것 같다고 말했다. 병명을 처음 듣는 순간이었다. 내과의사가 없어 오늘은 더 이상의 진료가 어려우므로 진통제가 포함된 링거를 맞으라고 했다. 통증을 견디기 위해서는 다른 방법이 없었다. 수면 진통제였다. 한 시간이나 잤을까. 친척은 모두 돌아가고 아내만 남아 있었다. 통증은 말끔히 가셨다. 집으로 돌아가려고 준비를 하는데 간호사가 진통제 효과는 약 다섯 시간이라고 말했다. 견딜 수 없을 정도로 다시 아프면 밤중에라도 병원을 찾아오라고 하였다.

집으로 돌아온 후 나는 긴 밤 시간이 걱정되었다. 약의 효과가 떨어지면 다시 통증이 몰려올 것이라 생각하니 끔찍했다. 그래서 시간이 어서 지나가기를 바라며 잠을 청했다. 그동안 아내는 인터넷 검색을 하였다. 요로결석이 어떤 병이며 치유를 위해 무엇을 하면 좋은지 알아보고 있었다. 한 잠 자고 일어나자 약 기운이 떨어지는지 통증이 있었다. 그때까지 인터넷을 검색하던 아내가 맥주를 많이 마시면 소변을 따라 결석이 빠져나가는 경우가 있는 모양이라고 했다. 병을 치유한 사례의 글을 보고 하는 말이었다.

하지만 그 말이 귀에 들어오지 않았다. 먼 남의 이야기로만 여겨졌다. 내가 아무런 반응을 보이지 않자 밑져 봐야 본전이라며 아내가 아이들에게 맥주를 사 오라고 시켰다. 슈퍼로 달려간 아이들이 캔 맥주 두 개를 사 가지고 왔다. 양이 많은 큰 캔이었다. 그것을 나는 안주도 없이 차례로 마셨다. 장 내시경을 위해 쿨프렙산 물을 마실 때처럼 부른 배를 참으며 억지로 다 마셨다. 그리고 누워 있었다.

얼마의 시간이 흐르자 신기한 일이 일어났다. 아랫배 속에서 뭔가에 긁히는 듯한 느낌이 있었다. 짧게 스치는 것이 아니라 몇 센티 정도로 길게 '주욱~' 천천히 지나가는 느낌이었다. 그러더니 바로 통증이 멈추기 시작했다. 결석이 아래로 빠져나간 것이었다. 나는 그것을 직감할 수 있었다. 그러나 쉽게 단정할 수 없어 말을 하지 않고 조금 더 기다렸다. 정말로 아픔이 사라진 것인지 알 수 없기 때문이었다. 그런데 더 이상 아프지가 않았다. 통증이 사라진 게 분명했다.

환자가 되어 몸을 움직일 때마다 부축 받던 사람이 상기된 얼굴로 일어서자 아내는 의아한 표정을 지었다. 나는 조금 전 몸에서 일어난 일이 너무 신기해 웃음이 났다. 그리고 마음을 진정시키며 상황을 설명했다.

한 치 앞도 내다보지 못하는 것이 인간이라는 말이 있다. 하물며 몇 시간 뒤의 일을 어찌 알 수 있겠는가. 작은 일을 놓고도 태산 같은 걱정을 하고, 별 것 아닌 일에 우왕좌왕하기도 한다. 하루에 경험하고 느낀 것이 적지 않으니 늘 감사한 마음으로 살아가리라.

색상의 조화

남산이 올려다보이는 필동 언덕길, 인쇄소 국전 4색 기계는 쉼 없이 종이를 토해 내고 있었다. 기계 속으로 들어갔다 나온 전지全紙에는 선명한 사진이 박혀 있었다. 네 가지 색의 핀을 정확하게 맞추고 잉크가 고르게 섞여서 종이에 찍히자 기장機長은 교정지와 색상이 같은 지를 비교하며 살펴보았다.

아트지를 연속으로 빨아들인 기계는 순식간에 원판과 같은 사진을 찍어서 쏟아내기 시작했다. 그제서야 안심이 되는지 기장은 담배를 꺼내 입에 물었다. 밖을 내다보며 빨아들인 연기를 내뿜자 뿌연 기체가 인쇄 파우더처럼 공중으로 날아갔다. 남산에는 활짝 핀 벚꽃이 띠를 이루고 있었다. 군데군데 무리지어서 핀 진달래의 붉은 색이 벚꽃과 조화를 이루었다.

남산 아래 예장동의 한 기획사에서 몇 년간 일을 한 적이 있다. 디자이너의 책 편집작업이 끝나면 한 묶음의 원고를 들고 을지로3가역 근처의 필름 제판집으로 가서 작업내용을 설명하는 일을 했었다. 디자이너가 줄을 그으며 표시해 둔 원고를 제판사는 척 보면 이해를 했다. 그런데 어쩌다 디자이너가 색상 표시를 빠뜨렸거나 맞지 않게 적어 놓았을 때는 제판사가 지적해 내었다. 그런 경우 디자이너에게 그 사실을 알려 보완을 하게 했다.

세밀하게 그려 놓은 디자이너의 작업원고가 인쇄필름으로 완성되어 나올 때까지 나는 제판집에서 그 과정을 지켜보며 시간을 보냈다. 책 한 권의 필름을 만들기 위해서 제판사는 쉴 틈 없이 손을 움직였다. 암실에서 원고를 촬영한 후 현상약을 섞은 물에 필름을 넣어서 글씨의 선명도를 맞추었다. 이어서 필름을 오려 붙이는 과정은 복잡했다. 컬러 인쇄의 경우 같은 모양의 필름은 네 장이었다. 그것들은 같아 보여도 각각 다른 색을 찍을 때 사용된다.

서울 생활이 만만치 않게 느껴질 때면 걸어서 남산에 올라가곤 했다. 산에서 내려다보면 사방의 서울 모습이 아득하게 보였다. 명동이며 종로, 용산의 근거리 건물들과 강남, 영등포, 동대문 등 먼 곳의 빌딩까지 구별할 수가 있었다. 수많은 아파트와 빌딩 사이로 크고 작은 주택이 빼곡하게 들어서 있었다. 일생을 서울에서 살아도 점같이 보이는 주택 한 채 소유하기가 어려운 게 현실이다. 그런데도 크고 작은 빌딩조차 별 것 아닌 것같이 느껴지는 경우도 있었다. 산에 오르면 인간의 본성을 생각하게 되고 복잡한 현실을 의연하게 보려고 한다.

인쇄의 묘미는 빈 종이에 다양한 글씨를 새기고 화려한 색상의 사진을 원판과 같게 찍어 내는 기술에 있다. 봄의 화사한 꽃동산도 인쇄기의 네 가지 잉크에 의해 생생하게 표현된다. 아무것도 없는 흰

종이에 산뜻한 사진이 새겨져 나오는 것을 보고 있으면 마치 새로운 생물체가 탄생되는 것 같은 느낌이다.

충무로 명보극장 근처 골목엔 제판집이 즐비했었다. 편집 원고를 들고 찾아가면 빨래처럼 주렁주렁 매달아 놓은 필름들을 늘 볼 수 있었다. 제판사와 마주앉아 편집 대지에 적힌 복잡한 내용을 설명하면 금세 척척 알아들었다. 편집자와 제판사의 교감은 무엇보다 중요하다. 인쇄 필름을 정확하게 만들어야 하는 제판사 입장에서는 한 치의 실수가 있어서는 안 되었다. 필름 제판 과정에서 일어날 수 있는 착오를 방지하는 것 또한 중요해 작업을 의뢰해 놓고도 앉아서 제판 과정을 지켜보기가 일쑤였다. 제판사 입장에서도 만들고 있는 필름을 의뢰처에서 꼼꼼하게 확인해 주면 고마운 것이다.

제판집에서는 야근 작업이 흔한 일이었다. 인쇄 날짜가 촉박한 경우 제판사는 밤을 지새우며 필름을 손질했다. 완성해 놓은 필름을 확인하는 일은 편집 디자이너의 몫이었다. 필름을 세밀히 살펴보았는데도 인쇄 사고가 발생하는 일이 종종 있었다. 그래서 복잡하고 중요한 인쇄물일수록 교정지를 내어 색상과 글자를 확인해야 하였다. 하지만 교정지를 내는 데는 예산과 시간이 필요하였음으로 생략하는 경우가 많았고, 그 과정을 줄여 돈을 아끼려다가 낭패를 겪는 일이 흔히 생겼다.

출판물이 멋진 작품이 되게 하는 것은 인쇄소의 기장이나 제판사가 아니라 더 근원적인 편집 디자이너에 달린 것이다. 그가 구상한 것이 색상으로 인쇄되어 나오는 것이므로 기획사의 편집 담당 역할이 참으로 중요했다. 화보집을 만들기 위해 편집용 대지에 신중하게 선을 긋고 인화지의 글자를 오려서 붙이는 작업을 하던 시절엔 더욱 그랬었다.

지금은 컴퓨터와 함께 편집기술이 너무나 발달되었다. 그 복잡하고 일 많은 대지원고 작업과 필름 제판과정이 모두 사라졌다. 사무실 컴퓨터에서 작업한 파일은 곧바로 인쇄소로 보내진다. 더 이상 인쇄를 위한 필름 만드는 수고를 하지 않아도 되는데, 그 결과 충무로 골목에 즐비하던 필름 제판집들이 사라지게 되었다.

인쇄소 4색 기계의 빨강, 파랑, 노랑, 검정의 네 가지 잉크가 조화롭게 섞여서 아름다운 사진을 찍어 내듯이 사람의 일도 여러 명의 협력이 잘 이루어지면 좋은 결과를 맺는다. 합창의 4중창에서도 각 파트가 제 몫의 소리를 내어 주게 될 때 고운 화음이 된다. 아름다운 컬러 인쇄를 위한 필름도 네 가지의 옅고 진한 부분이 적절하게 나뉘어져 있다. 그것들은 결국 멋진 그림을 위해 서로 화합하는 것이다.

필름 작업 과정을 지켜보다가 출출해진 배로 골목식당을 찾게 된다. 비빔밥을 주문해서 썩썩 비비다 보면 붉은 고추장과 푸른 열무김치, 노란 계란과 검정 간장이 섞이게 되는데 이것 또한 멋진 색상의 조화이다. 사람도 여럿이 어울려서 아름다운 문화를 만드는 것이 인쇄의 색 조화 과정과 같다는 생각이 든다.

노래 연습

'외로운 가슴에 꽃씨를 뿌려요 사랑이 싹틀 수 있게'로 시작하는 노래는 가수 최석준이 불렀다. 노래를 듣거나 부르면 쌓였던 스트레스가 해소된다. 그래서 가요를 즐겨 부른다. 차를 몰면서도 부르고 길을 걷다가도 속으로 불러 본다. 노래를 큰 소리로 해야만 하는 것은 아니다. 작은 소리로 자기에게 들리도록 하면 되는 것이다. 다른 사람 들으라고 부르는 것이 아니라 내 기분을 위해서 하는 것이라서 그렇다.

'동녘 저편에 먼동이 트면 철새처럼 떠나리라' 하는 가사는 박정식이 부른 노랫말이다. 가사에 공감이 가고, 곡이 내 감정의 흐름과 호흡이 맞을 때 흥이 돋는다. 대중가요는 인간사 여러 사연을 적절하게 표현하고 있어서 세상살이가 팍팍하게 느껴질 때 기쁨과 위안을 준다. 그래서 노래를 들으며 웃기도 하고 울기도 한다. 많은 사람의 마음을 사로잡으며 불리어지는 인기가요는 보석 같은 것이라 할 수 있다.

노래는 몇 번을 듣고 따라서 부를 만하면 흥이 더 해진다. 그런 때는 열 번을 불러도 좋고 스무 번을 해도 재미가 난다. 노래를 하는 것은 즐겁기 위해서이다. 즐거우면 살아갈 맛이 난다. 노래하기가 부담스러우면 들으면 된다. 삶이 힘들 때 노래는 위로가 된다. 노래를 들어 즐거움을 찾다 보면 기운이 생긴다. 그러므로 힘든 일을 이겨내기 위해 노래를 듣고 부르는 것이다.

나는 노래 듣는 것을 좋아하지만 즐겨 부르기도 한다. 애창곡은 트롯인데 '찔레꽃', '섬마을 선생님', '고향역', '꽃을 든 남자', '내 마음 별과 같이' 등 중년층에서 많이 부르는 노래다. 이들 노래는 여러 번을 들어도 지루하지 않다. 그래서 집에 들어오면 음악을 틀어 놓는다.

일터가 한적한 시골이라 출퇴근 때 버스가 자주 오지 않는다. 대중교통 이용이 불편할 정도로 뜸하다. 그래서 직접 차를 몰고 다닌다. 그러면서 음악을 듣는다. 차에서는 혼자라서 노래하기가 좋다. 소리를 내어 불러도 뭐라고 하는 사람이 없으니 자유롭다. 사람들마다 좋아하는 노래가 있게 마련이다. 자신의 십팔번을 한 곡 갖기 위해서는 많이 불러보아야 한다. 남들 앞에서 담담하게 노래를 하려면 준비가 필요한데 그것은 많이 듣는 일이다. 가사를 기억한 다음 박자를 짚어 나가는 노력도 해야 한다. 그러다 보면 한결 자신감이 생기는 것을 알게 된다. 기분에 이끌려서 하면 박자가 엇나가기 일쑤인데, 노래는 박자가 척척 맞을 때 흥이 더 난다.

가곡이 양주 같다면 가요는 막걸리 같은 느낌이다. 가곡은 턱시도를 갖추고 쫙 빼어 입은 차림으로 노래해야 멋있다. 그런데 가요는 밀

짚모자를 쓰고 바지를 걷어 올린 채 모를 심다가 한 곡조 뽑아도 맛이 난다. 무대와 조명과 마이크의 격식을 갖추어야 폼이 나는 가곡보다 술 한 잔을 앞에 놓고 친구들과 앉아서 불러도 되는 가요가 그래서 편하다.

계절에 따라 마음이 변하는지 듣고 싶은 노래도 바뀐다. 지난봄에는 '꽃을 든 남자'를 자주 들었는데 가을이 되자 '시월의 어느 멋진 날에'라는 가곡 풍의 노래가 마음에 와 닿는다. 그래서 호흡을 조절하며 따라서 불러 본다. 하지만 저음이 특징인 노래라서 잘 되지 않는다. 노래는 부른 가수의 음색이나 음정에 맞게 만들어져 있을 수밖에 없다.

그러므로 따라서 부를 때는 저음에 자신이 없으면 몇 음절을 올려서 부르면 될 것이다. 그런데도 내게 맞는 첫 음을 잡지 못하여 자꾸만 가수의 음 높이에 따라가게 된다. 그러면서 저음을 내려고 애를 쓴다. "눈을 뜨기 힘든 가을보다 높은 저 하늘이 기분 좋아, 휴일 아침이면 나를 깨운 전화 오늘은 어디서 무얼 할까." 배에 힘을 넣어서 노래를 불러 보지만 기대와는 달리 소리가 잘 나지를 않는다.

사람에게는 개성이 있듯이 목소리에도 특징이 있다. 수많은 사람 중에 목소리만 듣고도 누구인지를 알 수 있는 것은 음성의 독특성 때문이다. 형제간의 목소리가 비슷하여도 똑 같은 사람은 없다. 그것처럼 가수의 노래소리도 서로 다르며 음색의 특징이 있다. 최백호 같이 허스키한 목소리가 있는가 하면 이미자처럼 맑은 사람도 있다. 구수한 목소리를 가진 사람도 있고 고음이 매력인 사람이 있다. 대중의 사랑을 받는 노래는 가사를 전달하는 음색이 청중의 감성을 자극하여 기분을 좋게 만든다.

어느 모임에서 몸이 안 좋다던 선배 한 분을 만났다. 밝은 얼굴에 건강해진 모습이었다. 반가워서 건강을 되찾게 된 비결을 물으니 흥겨운 노래를 들으며 몸을 춤추듯이 흔드는 운동을 매일 두 시간씩 한다고 했다. 잠깐 소개하는 모습을 보았더니 말이 운동이지 춤을 추는 모양새였다. 건강이 좋아질 수만 있다면 운동이건 춤이건 즐겁게 열심히 하고 볼 일이다.

청년시절 농사일을 돕느라 밭에 나가 일을 할 때면 라디오 듣는 것이 유일한 낙이었다. 흥겨운 노래가 나오면 따라서 부르기도 했다. 고된 노동에 노래는 큰 힘이 되었다. 그러다가 서울로 와서 공부와 일을 병행하며 지냈는데, 도회지의 일은 힘든 것이 없었다. 지게를 지고 거름을 나르며 허리를 굽혀서 하루 종일 모내기를 하는 것에 비하면 회사 일은 거저먹기나 다름없었다. 그런데도 고향으로 달려가고 싶은 때가 수없이 많았다. 그럴 때마다 향수에 젖어 노래를 불렀다.

노래를 하면 박수를 보내는 사람도 있지만 가사를 잊어 버리기 일쑤였고 박자를 놓치는 경우도 다반사였다. 사람들 앞에서 노래를 하고 나면 오히려 기가 죽었다. 그래서 혼자 부르는 것은 좋아도 나서서 하는 것은 싫었다. 그런데 사람은 변하는 모양이다. 뻔뻔스러워져서 시키지 않는데 한 곡 해 보겠다며 나서기도 하니 세월 흐른 것이 실감난다.

내가 노래를 할 때 기쁘게 들어 줄 사람이 있을까? 좋아서 부르는 노래가 누군가에게 작은 기쁨이 되고 힘이 된다면 감사할 일이다. 그런 일이 있기를 소망하며 노래연습을 하려고 한다. 운동이 좋아서 하는 사람도 있지만 건강을 위해 하는 사람도 있다. 노래로 즐겁고 건강한 삶을 이어갈 수만 있다면 다행스런 일이 아니겠는가.

작은 성당

집 가까운 곳에 새 성당이 들어섰다. 내가 본 것 중 가장 아담한 성당이다. 마당이 없어 마리아 성모상을 실내에 세워야 할 정도로 좁은 땅에 세워졌지만 정감이 간다. 나는 조감도를 걸어 놓고 건축을 시작할 때부터 관심 있게 살펴보았다.

약 1년간의 공사를 마치고 준공식을 하던 날 수선집 할머니는 무척이나 기뻐했다. 추기경이 오신다며 나에게도 참석을 권했다. 성당에 다니는 사람만 참석하는 것은 아니라고 하기에 은근히 마음이 끌렸다. 종교에 관심을 갖고 논문을 쓰던 중에 정진석 추기경의 책을 귀중하게 참고한 적이 있기에 먼발치에서라도 뵙고 싶었다.

봄 햇살이 반짝이던 주일날 오후 준공식이 시작되었다. 나는 지나가는 행인처럼 구경꾼들 틈에 섞여 서 있었다. 천주교 성도가 아닌데도 길가에 둘러서서 지켜보는 주민들이 많아 작은 도로를 가득 메웠다. 신월1동에 개신교회는 흔하지만 성당은 처음 세워지는 것이었다. 성당 앞 도로가 그날은 마당 역할을 했다. 찬양대가 인도에 줄을 서서 노래를 부르고 있을 때 승용차 한 대가 도착했다.

차에서 내린 추기경은 모여 선 무리를 향해 손을 들어 웃어 보였는데 동네 할아버지 같은 느낌이었다. 은은한 노래소리와 함께 '새하늘 새땅'이라 새겨진 주춧돌 제막식이 있었다. 그리고 예배당에서 미사가 진행되었는데 얼떨결에 따라서 들어갔다. 성당의 첫 미사를 추기경이 지켜보는 가운데 담임신부가 주관을 했다. 나는 천주교 미사 예배에 몇 번 참석한 경험이 있었기에 낯설지 않았다.

미사가 끝나고 건물 봉헌식이 진행됐다. 천주교 신도들은 자신이 살고 있는 지역이 어디냐에 따라 소속 성당이 정해진다. 행정구역을 기준으로 자기가 다닐 곳이 결정되면 그에 맞추어서 신앙생활을 한다. 지역에 성당이 새롭게 세워질 때 신도들은 감사의 마음으로 건축 헌금을 하는데, 이 작은 성당을 짓는 데 소속 교인들의 힘만으로는 충당이 버거웠던 모양이다.

성도 중 건축 위원장을 맡은 이가 예산 확보를 위한 담임 신부의 노력을 소개했다. 공사가 진행되는 도중 건설사에 지급해야 할 중도금이 마련되지 못했을 때 타 지역의 성당을 찾아가서 협조를 부탁하곤 하였다는 것이다. 서울의 한쪽 끝자락, 서민들이 밀집해 사는 곳에 하늘의 전당을 마련하느라 수고를 했다는 정진석 추기경의 잔잔한 격려사가 가슴에 와 닿았다.

목회자나 성직자에 대한 존경심은 높은 직위로 인해서 생기는 것은 아니다. 진실한 마음으로 사람을 아끼고 헌신적인 삶을 살아가는 모습일 때 자연스럽게 우러나오는 것이다. 내가 한국의 종교 지도자 중 김수환 추기경을 존경한 이유도 그래서다. 정의롭고 겸손하며 진실된 인간미를 느낄 수 있었기 때문이다.

옆집의 '소망 옷수선' 가게 할머니는 길가로 난 창가에서 늘 일을 한다. 재봉틀 두 대로 사람들이 옷을 가지고 오면 깔끔하게 수선을 해 놓는다. 두 사람만 서 있어도 좁게 느껴질 정도의 작은 공간에서 일하면서도 표정은 늘 밝다. 작은 가게와는 대조적으로 밖에 내어 놓은 화분이 많다. 얼핏 보면 꽃 가게라는 생각이 들 정도로 줄을 지어 세워 놓았다. 그곳에는 봄부터 가을까지 형형색색의 꽃이 피어나는데 밝은 할머니의 모습을 닮은 듯했다.

그런데 이 할머니에게도 아픈 사연이 있었다. 한때는 아파트를 소유하고 살았는데 가깝게 지내던 친구가 사업을 하면서 어려움을 겪기에 남의 일 같지가 않아서 돈을 빌려 주었다. 가진 것뿐만 아니라 지인들로부터 더 꾸어서 주었다고 한다.

하지만 친구의 사업은 실패로 끝이 났고, 돈을 갚지 못해 미안하다는 말 한 마디 없이 종적을 감추어 버렸다. 하는 수 없이 집을 팔아 자신이 꾸어서 대준 돈들을 갚았다. 힘들었지만 친구로 인해서 당하게 된 어려움을 기꺼이 감내하기로 했다는 것이다.

10여 년이 지난 후 그 친구가 나타났다. 그런데 다른 사람은 만나면서도 정작 자신에게는 찾아오지 않더라는 것이다. 어렵게 살 거라는 예상도 빗나갔다. 아들이 좋은 직장에 취직해 괜찮게 살아가고 있었다. 옛 일을 생각하면 연락을 해 올 법도 한데 그러지 않았다. 양쪽 사정을 잘 아는 친구에 의하면 애써 모른 척하는 거라는 것이다.

그것을 보면 사람이란 자기밖에 모르는 우둔한 존재인 모양이라며 할머니가 쓴웃음을 지었다.

자기로 인해 어려운 처지가 되어 살아가고 있는데도 애써 외면을 하기에 답답하여 신부님께 고해성사를 드렸다고 한다. 그러자 "자매님, 그 돈 없어도 살아갈 수 있지요? 그럼 잊으십시오!" 하더란다. 고해성사를 통해 가슴속 깊이 남아 있던 짐을 내려놓고 나자 마음이 가벼워졌다고 한다. 지금은 그 일로부터 해방을 받아 편하게 생활할 수 있게 되었다며 웃었다. 그 모습을 보며 신앙의 힘이 이런 것이구나 하는 생각이 들었다.

사람이 살아가면서 어려움을 당하지 않을 수 있다면 얼마나 좋을까. 부득이한 일로 난감한 지경에 놓였을 때 도움을 준 이야말로 고맙기 이를 데 없다. 은혜를 입고 은혜에 보답하며 살아가는 것이 인간일 것이다.

빌려 준 돈을 받기 위해 단 한 번도 찾아가거나 연락을 해 본 일이 없다는 수선집 할머니의 말이 큰 울림으로 다가왔다. '새하늘 새땅' 위로 지나가는 비행기의 요란한 굉음보다도 할머니의 잔잔한 옛 이야기가 더 오래도록 귓전에 맴돌았다. (2012년)

존 재

저녁에 옥탑방이 더워 문을 열어 놓고 노트북으로 시간을 보내고 있었다. 어둠 속에 불이 켜져 있는 것을 보고 방충망 밖에서 곤충 몇 마리가 왕왕거렸다. 방으로 들어오려고 용을 쓰며 좌우로 왔다갔다 하였다. 나는 속으로 '네까짓 것들이 아무리 애를 써도 들어오지는 못할 것이다.' 하고는 마음 놓고 있었다.

인터넷 스포츠 란에 축구 대표팀의 한 선수가 세계 최강 스페인과의 평가전에서 벼락 같은 슛으로 골을 성공시키는 장면이 나왔다. 국민 타자 이승엽의 홈런 장면까지 본 다음 여유로운 마음으로 글을 쓰고 있었다.

그런데 어떻게 들어왔는지 작은 날파리 하나가 모니터 글씨 위에 척하니 앉았다. 자신을 잘 보란 듯이 바로 눈앞에서 점잖게 버티고 있었다. 그 모습이 예의라고는 눈곱만큼도 없어 보였다. 나는 손을 저어 쫓으려다가 녀석을 놀라게 해 주려고 마우스를 움직여 커서를 뒤로 살금살금 밀고 갔다. 뒤에서 앞으로 녀석의 발밑을 갑자기 지나가면 놀라서 달아날 것이 틀림없었다. 혹시라도 그런 나의 속내를 알아챌까 봐 가슴이 두근거렸다. 타이밍을 잘 못 맞추면 일을 그르칠 수도 있겠기에 손끝이 떨렸다. 상대가 모르게 작전을 준비하는데 저쪽에서 눈치를 채고 날아가 버리기라도 하면 김빠지는 일이다. 일을 성공시켜 녀석이 혼비백산하며 달아나는 꼴을 보고 싶었다. 허겁지겁 방향을 잃고 헤매다가 방충망 쪽으로 갈 것이 뻔했다.

입술을 깨물고 숨을 멈춘 채 드디어 커서를 힘차게 당겼다. 순식간에 커서는 녀석의 발밑을 정확하게 통과했다. 그런데 예상과는 전혀 달랐다. 녀석이 놀라기는커녕 아무런 반응을 보이지 않는 것이었다. 의아해서 다시 한 번 시도해 보았다. 역시 꿈쩍도 하지를 않았다. 머리에서 꽁지 쪽으로 어지럽게 커서를 휘젓다가 뱅글뱅글 돌리는데도 꼼짝을 안 했다. 날아다니는 것들은 자신을 보호하려고 주변 움직임에 예민한 법인데 이 녀석은 달랐다.

'이것 봐라' 하며 나는 슬슬 열이 올랐다. 그러면서 자세히 관찰해 보니 좌우로 펴진 날개가 비뚤어져 있고, 머리 위의 더듬이 길이도 두 개가 서로 달라서 둔하게 생겼다. 앉아 있는데도 날개를 접지 않아서 모습을 제대로 살필 수 있었다. 그런 존재를 너무 높게 평가하며 날짐승이라도 되는 것처럼 배려한 것이다. 예민한 감각이나 뛰어난 시력을 갖고 있지 못하다는 판단을 하게 되자 얕잡아 보이기 시작했다. 그때부터는 조심스런 마음이 사라졌다.

하던 일을 해야 하는데 녀석이 눈앞에 버티고 있으니 신경이 쓰였다. 그렇다고 그냥 두자니 내가 너무 양보를 하는 것 같았다. 그래서 날아가게 하려고 모니터 가득 차게 영상을 켰다. 축구 장면의 동영상을 켜서 사람의 빠른 움직임이 나타나게 했다. 녀석의 발아래서 사람이 뛰어다니며 공을 찼다. 그런데도 배짱 좋게 그 위에서 가만히 있었다. 발밑의 세계에는 관심을 두지 않는 점잖은 존재이거나 그 세계를 보지 못하는 우둔한 존재임에 틀림없었다.

그제서야 나는 동영상과 커서의 움직임이 인간의 눈에는 보이지만 모니터에 앉은 날파리 눈에는 보이지 않는 것이라고 결론을 내렸다. 집에서 기르는 조류가 사람처럼 텔레비전을 본다는 소리를 들은 적이 없다. 날짐승이나 파리 종류가 모니터 영상에 관심이 없는 것이 아니라 보이지가 않는 것이 확실했다.

잠시의 인연이지만 한 순간 신경전을 벌인 녀석을 손으로 때려잡고 싶지 않았다. 그래서 날아가라고 입으로 '후~' 하고 가볍게 불었다. 그러자 깜짝 놀랐는지 위로 솟구쳐 날았다. 이제는 되었다 생각하고 있는데 어느 새 다시 제자리로 내려와 앉았다. 다시 후 하고 불자 이번에는 날지 않았다. 날개가 꺾일 정도로 몸이 휘청 했는데도 버티었다. 질긴 놈이었다.

컴퓨터도 전깃불도 꺼 버리고 나는 밖으로 나갔다.

바람이 시원했다. 구름 위로 달이 지나가고 있었다. 구름 사이로 달이 나타났다가 사라졌다 하였다. 어른어른하게 보이는 것이 마치 내가 모니터 속에 있는 존재이고, 달은 그 위에서 나를 내려다보고 있는 또 다른 존재같이 느껴졌다. '사람의 세계'라는 공간을 만들어 놓고 그 노는 꼴을 보며 웃고 있는 존재가 있는 것은 아닐까? 우주의 주인공이 인간이라고 말을 하지만 사람들끼리 하는 말이다. 진정한 주인공이 되기 위해서는 지구라는 모니터 속의 울타리를 벗어날 수 있어야 한다.

지구는 우주의 주인을 가득 잉태한 아늑하고 행복한 알집일까? 그렇다면 우리는 알에서 새롭게 깨어나 우주로 향할 수 있을 것이다. 그렇게 되기 위해서는 먼저 지구 행복촌이 되지 않으면 안 된다. 알집에 함께 들어 있는 존재가 서로 싸우는 경우는 없기 때문이다.

커피 한 잔

아침의 그윽한 커피 향은 기분을 상쾌하게 한다. 일어나면 커피부터 준비하는 사람이 옆에 있어 티타임을 종종 갖는다. 차를 마시는데 기호를 크게 따지는 편이 아니어서 앞에 놓인 것이 녹차라 하더라도 나는 그냥 마신다. 커피에 있어서도 인스턴트나 원두를 별로 가리지 않았다. 그런데 원두커피의 맛을 새롭게 느끼게 되고서부터 생각이 바뀌었다. 진한 커피의 향이 후각을 자극할 때면 머리가 맑아지고 집중력이 생기는 것 같다.

요즘은 커피 마시는 일이 물을 마시는 것처럼 흔한 일상이 되었다. 어떤 때는 물보다 자주 마시는 것이 아닌가 싶다. 물이야 갈증이 날 때만 찾지만 커피는 그렇지 않다. 아침에 마셨는데도 손님이 오면 같이 한다. 식후에 한 잔 하고 졸린다고 또 마신다. 다른 차를 마실 수 있는데도 유난히 커피를 즐기는 것은 습관인 것 같다.

점심식사 후 전문점에서 커피를 사서 들고 나오는 젊은 사람들을 흔히 보게 된다. 거리에는 스타벅스나 엔젤리너스, 카페베네, 커핀그

루나루 등 브랜드 체인점이 부쩍 늘었다. 깔끔한 인테리어로 케이크와 빵까지 준비해 판매하기 때문에 아침식사 대용으로 그곳을 찾는 이들이 많아졌다.

서울 강남 코엑스에서 커피 박람회가 열렸다. 하와이 코나 커피 농장에서 일하는 지인知人이 홍보 차 왔기에 찾아가서 만났다. 10여 년 전부터 자료용 책에 소식을 전해 주곤 하던 교우인데 무척 반가웠다. 농장에서 커피를 수확하는 장면의 사진을 크게 출력해 걸어 두고 그 시원한 풍경을 옷감에 새겨서 셔츠를 만들어 입고 있었다. 함께 온 현지인 두 사람도 같은 의상을 하고 있어서 눈길을 끌었다. 홍보 전시관 앞에는 생두와 볶아 놓은 것이 자루에 담겨 진열돼 있었다. 관심을 보이며 찾아오는 손님에게는 커피 맛을 볼 수 있도록 한 잔씩 제공했는데 은은한 향이 좋았다.

지인은 박람회를 통해 커피를 소개함은 물론 판매의 길을 열어 서울에 매장을 세울 수 있기를 바랐다. 일본과 달리 코나커피는 한국에 많이 알려져 있는 편이 아니라고 했다. 세계의 3대 유명 커피를 이야기할 때 자메이카 블루마운틴, 예멘의 모카와 더불어 하와이 코나 커피를 꼽지만 한국에서는 유난히 소비가 적다고 했다.

맛의 깊이를 예민하게 따지지 않는 한국 소비자들에 비해 일본에서는 코나커피의 맛을 일찍부터 선호했다. 한국에서 비싼 원두에 관심이 적을 때 일본인들은 하와이 코나에서 농장을 운영하며 커피를 일본으로 수출했던 것이다. 그런데 근래 일본인들이 코나에서 커피 농장 운영을 축소하는 틈을 이용해 한국 사람들이 인수하여 업그레

이드된 방식으로 사업을 펼친다고 한다. 그래서 국내로 들여올 수 있는 하와이산 커피의 물량이 많아졌다고 했다.

때마침 에티오피아에서 선교활동을 하는 친구가 귀국해 커피숍에서 만났다. 신학을 함께 공부한 교우인데 미국으로 건너가 대학원 과정을 마치고 목회를 하다가 에티오피아로 선교를 떠났다. 검게 그을린 얼굴이 커피색을 하고 있었다. 종교문화 이야기를 나누다가 커피 소비에 관한 화제로 바뀌었다. 그도 커피사업에 관심을 보였다. 커피의 최초 원산지로 알려진 에티오피아 카파라는 지역에는 아주 오래된 자생 커피나무가 우거져 있다고 했다. 그곳은 원두의 가격이 아주 저렴한데 생산을 해도 제대로 된 금액을 받지 못하는 것이 안타까운 실상이라는 것이었다.

커피의 기원에 관하여는 에티오피아 목동 이야기가 가장 설득력 있다고 한다. 지금으로부터 약 1천 4백여 년 전 염소 떼를 돌보던 에티오피아 청년은 밤이면 소리치며 날뛰는 염소들로 인해 잠을 이루지 못했다고 한다. 염소의 행동 원인을 자세히 관찰해 보았더니 나무 열매 때문이었다. 그 열매를 먹은 날이면 흥분해 잠을 자지 않는다는 것을 안 목동은 수도원의 사제를 찾아가서 사실을 전했다. 사제가 그 열매를 먹어 보았더니 정말로 머리가 맑아져서 그 후로 수도원에서 차로 마시게 되었다는 것이다.

초기의 커피는 열매를 구워서 먹거나 다려서 차로 마셨던 모양이다. 그런데 오늘날에는 가공한 제품이 무수히 많다. 소비자가 원하는 맛을 내기 위해 다른 원산지 원두와 섞기도 하고 인공 향을 첨가

하는 경우도 있다. 이렇게 원두를 서로 섞어서 만든 것을 블랜드커피라 하고 섞지 않은 것은 스트레이트커피라 한다. 그리고 향을 첨가하지 않은 것을 레귤러라 하는데, 최초 에티오피아에서는 자생하는 나무의 열매를 따서 그대로 이용하였을 것이기에 스트레이트 레귤러커피인 셈이다.

세계적으로 커피 시장이 엄청나게 확대되다 보니 생산농장도 전문화되는 모양이다. 자생종보다는 재배하여 가꾼 농장의 나무에서 수확이 더 나오고 품질도 좋다고 한다. 그래서 철저한 품질관리로 상품의 가치를 높이면서 시장을 개척하는 것이 오늘날 사업가들의 과제인 모양이다.

사람마다 기호식품이 있게 마련이다. 어떤 이는 녹차를 좋아하고 어떤 이는 커피를 즐겨 마신다. 그러나 사람에게 기호식품이 한 가지만일 수는 없다. 홍차를 좋아하면서 인삼차도 자주 마실 수 있는 것이다. 오늘은 스트레이트 레귤러커피를 한 잔 마셔 보고 싶다. 원산지는 어디이어도 좋다. 그런 커피를 만날 수 있을까?

병아리 중에서 막내

노란 개나리꽃이 피려고 하던 무렵 직장의 동료 한 분이 승용차를 구입해야 되겠다는 말을 꺼낸 지 삼일 만에 계약을 했다며, 내일 차가 온다는 것이었다. 시원시원하게 일사천리로 일을 진행시키는 것을 보며 운전은 잘 하는 모양이라고 생각했다.

점심을 먹고 식당을 나서면서 운전면허증을 딴 지 얼마나 되었느냐고 물었다. 그러자 지난 12월에 따고는 운전대를 잡아 보지 못 했다고 했다. 그러면서 내일부터는 승용차로 출퇴근을 해야겠다며 은근히 운전에 대한 걱정을 하는 눈치였다.

운전 실력이 어느 정도 되는지 보자며 나의 차 세워 둔 곳으로 향했다. 차의 키를 넘겨주고 시동을 걸어 보게 하였더니 손발의 움직임이 자연스럽지 못했다. 본인 차가 아니어서 그런 탓도 있겠지만 그동안 운전을 해 보지 않았음이 느껴졌다. 연습삼아 회사 건물 주변을 한 바퀴 도는 데 시속 20킬로 이상의 속력을 내지 못했다. 몇 바퀴를 더 돌아 봐도 여전했다.

차에서 내린 뒤, 이래서는 새 차를 몰고 넓은 길에 나가서는 안 된다는 당부를 했다. 그러자 운전면허증만 있으면 큰길에서 차를 몰아도 되는 줄 알았다는 우스갯말을 했다. 평소 농담을 잘 하는 사람이 아니기에 진담같이 들렸다. 면허증이 있어도 차 운전이 서투르면 차를 몰고 대로에 나가서는 안 된다. 큰 도로에서는 차들이 속력을 내어 달리므로 그 속도에 맞추어서 갈 수 있어야 한다. 그렇지 않으면 사고를 일으킬 수 있기 때문이다.

차를 몰고 집까지 무사히 가려면 앞만 잘 보고 간다고 될 일이 아니다. 차선 변경을 할 줄을 알아야 하는데, 방향등으로 뒤차에 신호를 보내고 옆 차선의 흐름에 방해가 되지 않도록 자연스럽게 이동할 줄 알아야 한다.

다음 날 퇴근 무렵 새 차가 주차장에 도착했다. 마트에서 닭다리 과자를 사서 돼지머리 대신 보닛 위에 올려놓고 무사고 운행을 위한 간단한 기념의 시간을 가졌다. 자동차가 소형인데다 밀키 베이지색이라 예뻐 보였다. 동료직원들은 하나같이 차를 잘 샀다고 축하의 말을 건넸다.

시운전에 앞서 차를 앞으로 갔다가 후진으로 주차하는 연습을 하는데 너무 조심스럽게 움직여 병아리 같은 느낌이 들었다. 차의 외관 색상도 그 느낌에 한몫을 했다. 차를 세우고 시승식에 동승할 사람을 찾는데, 새 차에 타 보겠다고 나서는 사람이 없었다. 차주의 운전 실력이 미덥지 않은 때문이기도 하였다. 다음에 타 보겠다며 다들 슬슬 피했다. 그러자 전날 운전연습을 하면서 조언한 것이 도움이라도 되었던지 나에게 옆 자리에 타라고 권했다. 그래서 덕분에 새 차의 첫 손님으로 타게 되었다.

이날도 회사 건물 옆을 느린 속력으로 몇 바퀴 돌았다. 그런 후 내가 차 뒤 유리에 '병아리 중에서 막내'라고 써서 붙이자고 제안을 했다. 뒤따라오는 차에 도움이 될 것 같아서였다. 그런데 한사코 그것은 붙이지 않겠다는 것이다.

그래서 차를 며칠간 세워 두는 한이 있더라도 시속 40킬로 이상으로 달릴 수 있을 때까지 운전연습을 한 후에 집으로 갖고 가야 한다고 말해 주었다. 막역한 사이라 편하게 조언을 할 수가 있었다. 그러자 그날은 차를 두고 퇴근을 하더니 다음 날은 기어코 혼자 차를 몰고 나가는 것이었다. 말은 조용조용하게 하는 분이 성격은 급한 면이 있었다. 나는 뒷유리에 '병아리 중에서 막내'를 붙이지 못한 것이 못내 마음에 걸렸다.

그런데 출발한 지 30분이 지나자 집에 무사히 잘 도착했다는 전화가 왔다. 남아서 일하는 직장 동료들이 걱정할 것을 알고 연락해온 것이다. '몰고 나가면 다 해결의 길이 생긴다.'던 다른 동료의 말이 나의 뇌리를 스쳤다.

그다음 날은 다른 동료 직원을 태우고 퇴근을 했다. 40킬로의 속력은 벌써 넘어섰고, 운전 실력이 날로 늘어 금세 도로의 운전에 적응하는 모습이었다.

봄에 수필집을 낼 수 있을까 하여 집에 들어오기만 하면 써서 모아 둔 글들을 살펴보곤 하였다. 그때마다 자신감이 생기지 않았다.

자꾸만 망설이던 차에 승용차를 구입해 조심조심 몰고 다니더니 어느 새 큰 길에도 잘 적응해 달리는 동료 직원을 보았다.

그 운전 모습에서 자신감을 얻어 수필집 출판을 결심하게 되었다. 첫 작품집을 내면서 병아리 중에서 막내라는 심정으로 글쓰기에 마음을 다잡는 계기로 삼고 싶다.

2018. 7. 23
무더운 여름. (末伏)
받음 夏复
'大暑'